U0573754

诺贝尔文学奖作家文集·拉格奎斯特卷

大盗巴拉巴

〔瑞典〕帕尔·拉格奎斯特／著

沈东子／译

Barabbas

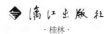漓江出版社

·桂林·

"诺贝尔"与漓江血脉相连

——"诺贝尔文学奖作家文集"序

张　谦

　　"诺贝尔文学奖作家文集"从 2015 年 10 月问世，迄今已囊括
30 位诺奖作家作品，出版平装本 4 种、精装本 43 种，在制及储备
选题 30 余种，成了读书界一个愈加引发关注的存在，被读者区别于
漓江[①] 之前的"老诺""红诺"，亲切地称为"黑诺"[②]。所以，确实到
了一个梳陈、小结我社"诺贝尔文学奖作家文集"出版情况，向大
家汇报的时间点。

　　"诺贝尔"是漓江的基因和脉动，是时光深处的牧歌，是漓江人
为之集结的号角。中间我们有过十来年的停顿和涣散，"诺贝尔"不
知道去哪儿了，历史的演进回环往复，背阴面的不可理喻，本身就
是存在的冰冷逻辑。2012 年我回到社里，开始几年做不了什么事，

---

① 无特殊说明，此文中均指漓江出版社。
② "老诺""红诺""黑诺"，不同阶段漓江版"诺贝尔"系列丛书。"老诺""红诺"
均指"获诺贝尔文学奖作家丛书"。"老诺"（精、平装）的装帧设计者是翁文希，奠
定了读者心中最早的漓江版"诺贝尔"品牌形象；"红诺"（精、平装）是上海装帧设
计家陶雪华的设计，启用烫金元素，与微呈橘红色的封面相映生辉，彰显气派；"黑
诺"（主推精装）指"诺贝尔文学奖作家文集"，是我社主力美编、装帧设计家石绍康
的设计，内敛雅致，独具匠心，以黑色为主体衬色，烘托出作家肖像的大师气场。

当时的社领导提醒说："不要搞什么套书，一本一本地做！"所以 2015 年 4 月最早出来的加缪《鼠疫》平装本，上面没打丛书名。也是 2015 年 4 月，我被接纳为社班子成员，担任副总编辑。2015 年 10 月，第一本落有"诺贝尔文学奖作家文集"（以下简称"作家文集"或"文集"）丛书名的图书诞生了，它是加缪《西绪福斯神话——论荒诞》（平装本）。当年年底，刘迪才社长到任，带着上级管理部门"把漓江做大做强"的精神，旗帜鲜明抓主业，抓核心板块和漓江传统优势外国文学品牌。"作家文集"在 2016 年接续做了两本"加缪卷"平装本《局外人》和《第一人》以后，开足马力做精装。记得问世的第一个精装本，是美国作家辛克莱·路易斯的《大街》，拿到样书的那一刻，直觉告诉我：路子对了。

然而并不是找对了路子就没有繁难，是的，时代变了，市场变了。在对诺贝尔文学奖新晋得主的追捧几成赌局的当下，文学出版即便携资本入场也不够了，成了资本加运气的博弈。此时回过头来再看上个世纪八十年代的漓江，那出版江湖中的一抹清流，乘着改革开放的春风，在中国图书市场所开创的"诺贝尔"蓝海，抓住了稍纵即逝的"窗口期"，成就了不可复制的"漓江现象"[①]。

"书荒"时代进场，带领漓江同仁做"获诺贝尔文学奖作家丛书"的刘硕良前辈，"使得建社不久又偏居一隅的漓江出版社，以有计划和成规模地推出外国文学优秀作品，很快成为全国外国文学方面的出版重镇。这是一段值得人们津津乐道的出版佳话，也是一个

[①]　见李频《改革开放出版史中的"漓江现象"》，我社即将出版的《围观记》序一。

值得大书一笔的出版传奇"①。改革开放伊始，解放思想，实事求是，读者重新经历了思想启蒙，无异于继十九世纪末严复翻译《天演论》以后国人再次"睁眼看世界"，"我们没有失去记忆，我们去寻找生命的湖"②。漓江当时提供给读书界的诺贝尔文学奖读物，重在一人一卷的快捷出场，速成阵容，从小对史、地感兴趣的刘硕良，围绕题中之义，于无形中给读者提供了第一印象的新鲜概念和地图式导览。从 1983 年年中开始推出诺奖丛书头四种——《爱的荒漠》《蒂博一家》《特雷庇姑娘》和《饥饿的石头》③，到二十世纪末，总共出了八十余种。"让中国读者了解到世界上除了巴尔扎克、托尔斯泰、高尔基，还有很多优秀的作家，诺奖作家就是其中很重要的一个组成部分。"④

那是一个百废待兴，连常识都需要重新建构的时代。彼时，压力来自外部，更多以阻力形式呈现。"漓江的开拓并非一帆风顺，诺贝尔丛书的上马就遭到一些大义凛然却并不甚明了真相或为偏见所左右的人士的非议"⑤，但形势比人强，改革开放的大潮激浊扬清，建设的主流压倒了破坏，给各行各业满怀豪情的建设者提供了施展才华的空间。漓江因此而实现了勇立潮头满足读者的需要（而且读

①　见白烨《"围观"与"回望"的意义》，我社即将出版的《围观记》序二。
②　见北岛诗作《走吧》。
③　其中《爱的荒漠》和稍后出版的《我弥留之际》《玉米人》一起，荣获新闻出版署主办的首届全国优秀外国文学图书奖一等奖。
④　见《一个闪亮的名字联系一个时代的文学记忆——刘硕良：把诺贝尔介绍给中国》，《新京报》记者张弘采写，2005 年 4 月 5 日《新京报·追寻 80 年代》。
⑤　见刘硕良《改革开放带来的突破和飞跃——漓江出版社诞生前后》，《广西文史》2008 年第 4 期。

者面很广，工农兵学商①），并与未来将要实现影响力的成长中的各界精英达成了精神源头的水乳交融和灵魂共振——很多后来成名成家人士，皆谈及上世纪八十年代受过漓江版外国文学图书滋养，有的几度搬家，甚至远涉重洋，至今书架上仍小心珍藏着漓江的老版书。

就这样，我们前有光荣的家史，前辈的激励，后有加入世贸组织后对于头部资源的白热化市场竞夺，有业界同行在经典名优赛道的竞相追逐，想要在其中脱颖而出，确非易事。当初外在的压力，变成了现在内在自我提升的动力：你敢不敢自己跟自己比，有没有勇气和能力对标漓江光辉岁月，提振传统并发扬光大？种种繁难之下，依然得努力往前走，这也便是人生的挑战和乐趣所在。

今年是做"诺贝尔文学奖作家文集"的第八个年头，也是我正式就任漓江总编辑的第一年。九十高龄的刘硕良老师从年初就开始屡屡打电话给我，让我挂名该文集的主编。我一直坚辞不受。"诺贝尔"差不多是漓江的图腾级存在，我只是站在前人的肩膀上继续仰望星空，尽本分做点添砖加瓦的事情，岂敢妄自掠美。即便是当年主编"获诺贝尔文学奖作家丛书"的刘老师，退休以后也就功成身退，不再在漓江版"诺贝尔"上挂主编名。这几乎是中国当下通行的国情。也就是说，"作家文集"出版八年，眼看渐成气候，却没有任何人挂主编名，只是在翻开每本书的卷首，有一页"出版说明"——

---

① 见《"获诺贝尔文学奖作家丛书"读者反映》，刘硕良著《三栖路上云和月——为新闻出版的一生》，漓江出版社，2012 年 9 月 1 版 1 次。

"诺贝尔文学奖作家文集"系我社近年长销经典品种，是对二十世纪八九十年代我社品牌图书、刘硕良主编的"获诺贝尔文学奖作家丛书"的继承与发扬，变之前一人一书阵容为每位作家多卷本。如果说老版"诺贝尔"是启蒙版，那么新版就是深入版，既深入作者的内心，也满足读者的深度需求，看上去是小众趣味，影响的是大众阅读倾向。这就是引领的意义，也是漓江版图书一贯的追求。

　　然而吊诡的是，如果用因退休机制的作用被动不在场的刘老师，来为正在进行时的"作家文集"的无主编状态背书的话，我忽然发现，并不能自圆其说。同时，自己在班子任上八年，如果不依规依制给该文集一个担当和交代，那所有参与这套丛书出版的漓江人，就会变成一个失语的群体，八年来大家的辛苦鏖战，也会失去应有的分量和表达，转瞬消失于历史的虚空当中。于是和刘社长达成共识：丛书是本届班子主持做的，主编由我来挂，即便过些年轮到我也解甲归田，在岗一天就要担当一天，就由我这个亲历者来理一理来龙去脉吧。

　　加缪是一切的开始。无论从作品的分量还是作家的魅力，尤其是在年轻人里的观众缘来考量，作为撬动一套书的支点，加缪都是不二选择。更何况，2015 年我们推出《鼠疫》时，加缪作品刚刚进入公版期没几个年头，真乃天无绝人之路！

我试图通过加缪获得一种视角，这个视角能穿透我所生活的海量信息时代貌似超级强大的无限时空，定位非中心城市的个人存在意义。①

　　这里的"个人"，也喻指在时代的洪流中需要敲破坚冰重新出发的漓江。加缪卷我们出了五种，论品种数是文集中比较丰满的——《鼠疫》《西绪福斯神话——论荒诞》《局外人》《第一人》《卡利古拉》，除了前四种既做了平装，也做了精装，后面品种一心一意只做精装——因为相信在优质精品道路上的勠力追求，一定可以加持图书的可收藏性。《鼠疫》《局外人》《第一人》是存在主义文学大师加缪的小说代表作，而 2018 年 10 月推出的《卡利古拉》，则是文集中比较少见的戏剧品种，它和哲学随笔《西绪福斯神话——论荒诞》一起，使加缪卷作为诺奖作家的小文集，实现了文体多样化方面的鲜明追求。这个追求在福克纳卷上继续得到体现，福克纳卷截至目前一样出了五种，除了国内读者熟知的经典——李文俊译《喧哗与骚动》《我弥留之际》，还补充了国内首译《士兵的报酬》《水泽女神之歌——福克纳早期散文、诗歌与插图》和《寓言》。其他品种数达到四五种体量的，还有路易斯卷、纪德卷、斯坦贝克卷、丘吉尔卷、泰戈尔卷、显克维奇卷。两三种的有黛莱达卷、米斯特拉尔卷、聂鲁达卷、吉勒鲁普卷、梅特林克卷、拉格奎斯特卷、蒲宁卷。由于受限于作家本身的创作规模以及我们发掘的速度，目前尚有普吕多

① 见沙地黑米（本名张谦）新浪博客读书笔记《在隆冬知道》，2015 年 6 月 5 日。

姆、吉卜林、艾略特、保尔·海泽、塞弗尔特、叶芝、拉格洛夫、皮兰德娄、夸西莫多、蒙塔莱等卷只是单一品种的体量。当然，每位作家小文集的规模（品种数）依然是活性的，现状的陈述并不能规定未来的变化，我们的核心思路，是每位作家做三至五种。

由于漓江推出的诺贝尔文学奖获奖作家都是外国作者，所以出版"作家文集"有一个不可避免的环节，就是要找到合适的译者。唯有如此，才能将诺贝尔文学奖作家作品尽量以"信、达、雅"的方式介绍给国内读者。

在译者的选择上，我们注重新老搭配。托前辈的福，漓江拥有的传统译者资源称得上是国内"顶配"。老一辈翻译家令人肃然起敬，他们往往具有很深厚的文学素养和优雅的个人修养，译文水准很高，经得起岁月的沉淀和时间的考验，我们非常珍视与他们的合作。而年轻一辈的翻译家也有优势，他们的语言和思维都能贴合当下读者的习惯，亦多全球化背景下的旅居、旅行，能较多接收并释放当下外国文学和文化的辐射，在对原著文化背景、思想内涵的传达体现上，能有推陈出新的理解。

"作家文集"最先启动的加缪卷，用的就是漓江译者老班底里的李玉民译本。其他像潘庆舲、姚祖培合译辛克莱·路易斯《巴比特》，李文俊译福克纳《我弥留之际》，黄文捷译黛莱达《邪恶之路》，赵振江译米斯特拉尔《柔情》，王逢振译赛珍珠《大地》，杨武能译保尔·海泽《特雷庇姑娘》，都是"老诺"阵容里的保留节目。在"黑诺"里，漓江与这批王牌译家译作再续前缘。此外，"作家文集"还见证了一代翻译家的成长——胡小跃译普吕多姆《枉然的柔情》，裘小龙译叶芝《第二次来临——叶芝诗选编》，分别是"老诺"里普吕多姆《孤独与沉思》和叶芝《丽达与天鹅》的升级版，当年漓江看好的青年翻译家，已然成为译界翘楚，译本也得到更丰富的增补和更成熟的修订。也有老朋友新加入的译本，比如倪培耕原译泰戈尔《饥饿的石头》是"老诺"阵容里的，到了"黑诺"更名为《泡影》，都是泰戈尔短篇小说选；同时"黑诺"再添倪译泰戈尔长篇小说《纠缠》。福克纳卷除了收入李文俊之前在"老诺"就有的代表译作《我弥留之际》，"黑诺"还增加了李译《喧哗与骚动》《押沙龙，押沙龙！》。青年译者的新作有一熙译福克纳《士兵的报酬》，王国平译福克纳《寓言》，远洋译福克纳《水泽女神之歌——福克纳早期散文、诗歌与插图》，顾奎译辛克莱·路易斯《大街》，等等。

也有一部分老译家，其译作的版权流转到其他出版机构去，与"黑诺"失之交臂，或者年深日久几近失联，或者凋零如秋叶片片——时光总有理由分开我们，才显出在一起的机缘实在是难能可贵。

现在年轻人外语好，除了做文学翻译，还有很多更实惠的选择，所以真正像老一辈翻译家那样，把译事当成毕生的事业追求，在这个领域安于寂寞悉心耕耘的并不多，或者说，漓江还没有迎来与这个群体的高频次、大规模相遇。我们现有的中青年译者队伍，一来人数远不够多，二来除了翻译本身，想法会比老一辈多一点——漓江很惭愧，至今没能把这份文化事业做成生财有道、惠及万方的大产业。好在文学哪怕历来就与眼前利益没太大关系，这个世界热爱文学的人也一直层出不穷。之所以在这里把家底摆一摆，也是为了方便下一步遇上有缘人。

译本体例上，"黑诺"尽量做到向"老诺"学习，"每卷均有译序和授奖词、答词、生平年表、著作目录，力求给读者提供一个能真实地反映诺贝尔文学奖及其每一得主风貌的较好版本"[1]。老漓江的优秀传统要保持，有章可循是一种福分。

一个素朴有力的团队，会带来别样高效的支撑感。我们的青年编辑队伍正在老编辑的带领下茁壮成长，他们是漓江的秘密花园，正在蓄能无限，漓江的未来，有他们书写，靠他们传扬。

在这里，必须致敬一下给漓江"老诺"担任过策划编辑和责任编辑的主力核心团队，他们是当年的译文室成员：宋安群、吴裕康、莫雅平、金龙格、沈东子、汪正球。

1995年，沈东子策划过一套泰戈尔"大师文集"6卷本，除了后续加入"黑诺"的倪培耕几种译作，亮点是直接去信季羡林先生，取得了授权，收入季译《炉火情》一种。丛书虽然没打"诺贝尔"标签，却开启了做诺奖作家小文集的思路。

1998年，漓江出了三套诺奖作家小文集。时任总编辑宋安群策划了《赛珍珠作品选集》，向美国哈罗德·奥柏联合会购买了版权，出版了五部小说、一部传记和一本文论。本人担任过其中《东风·西风》和《赛珍珠传》两种图书的责任编辑，还为赛珍珠母亲的故事写过责编手札——

---

[1] 见刘硕良《新时期有数的宏伟工程——"获诺贝尔文学奖作家丛书"序》。

美好的人和事，因为人们的珍爱而获得自己的历史，在这个意义上说，历史，就是人们对于美的牵挂和担心。时乖命蹇，说变就变，我们珍爱的事物能够留存多久？一旦大限到来，让碎片有了碎片的安息，人心也就有了人心的解脱吗？①

吴裕康策划了君特·格拉斯"但泽三部曲"（《铁皮鼓》《猫与鼠》《狗年月》），经德国 Steidl 出版社授权出版。有意思的事情就此发生了：我社在 1998 年 1 月至 1999 年 4 月出完这三种书，1999 年 9 月 30 日，瑞典文学院将诺贝尔文学奖颁给了君特·格拉斯。所谓猜题和押宝都很准的名编辑、大编辑，漓江早年就有现实榜样。

汪正球策划的"川端康成作品"，洋洋大观出了十卷。

以上四种诺奖作家文集，都没打"诺贝尔"标签，装帧设计也各有套路，却都绕不开内在承袭的同一种思路。所以说，在漓江做"诺贝尔"，是有传统的，可追溯的，漓江人血脉里的遗传密码，在不同时期阐发着基因的显隐性。

从 2023 年算起，诺奖作家未进入公版期的尚有 60 多人，这是一片资本角逐的热土，对这个领域作家作品的竞夺，不是漓江的强项。众人还没睡醒的时候，漓江前辈就已经外出狩猎了；现在的漓江人，专注于在家种田——我们无富可炫，有技在身，到手的都不是战利品，而是作品本身，值得像农人看待种子那样，悉心培育，精

---

① 见《我们珍爱的事物能够留存多久》，作者米子（本名张谦），《读书》1998 年第 10 期。

耕细作，用时间打磨，为每一部好作品寻找好译者、好编辑、好制作，直至它找到那个两情相悦的读者。

犹如观潮，漓江现在挤不进前排，索性站远一步，不追刚刚出炉的"当红炸子鸡"——新科获奖者。同时代的读者本来很想读到同时代优秀外国作家的作品，但这有个前提，就是译本要好。而"当红炸子鸡"的临时译本，前有市场期待，后有合同追魂，难得沉下心来从容打磨，多半是急就章似的翻译，反正搭配的也是快餐面似的阅读，说白了就是一场对诺奖新科得主生吞活剥的消费——真正的赢家，既不是作者、译者和读者，也不是编辑，而是商业。当然，在这个领域深耕多年，早有准备的同行是个例外。漓江与所有认真的同行惺惺相惜。

公版书是退潮后海滩上的贝壳，经历过海浪的洗礼、时间的检验，哪些受人欢迎，比较容易感知，可以从容选择。而同时代的作家作品，一时被潮头卷得高高，抛得远远，过了当红的这个时间节点，就被读者抛诸脑后，这样的例子不胜枚举。事实证明，由于作品本身或是翻译的质量问题，有的新科获奖作家作品，确实不如早年诺奖作家作品那么富有感染力。

说到这里，很有必要广为派发一下英雄帖：如果有诺奖作家、优质译者、原著出版社，以及权威版权代理机构听到漓江的声音，认可我们的理念，那么，您好，欢迎加入我们共同的事业！

"作家文集"精装本批量问世以后，我们分别在 2018 年和 2019 年年初的北京图书订货会上，以"执子之手——漓江与'诺贝尔'的不了情"和"'诺贝尔'与漓江血脉相连"两个专题向公众亮相，后者还荣膺该届订货会评出的"优秀文化活动奖"。2018 年 9 月，百道网特为这套书，对我本人进行了专访报道①。

　　成立于 1980 年的漓江出版社，在改革开放的春风里应运而生。建社不久就做"诺贝尔"，诺贝尔文学奖系列丛书，记录着一代又一代漓江人在向我国读者推介世界文学宝藏方面前赴后继、坚忍不拔的努力。"诺贝尔"和漓江人的职场生涯、美好年华紧密生长在一起，是漓江集体记忆中不可分割的一部分；漓江边的中国小城桂林，因为文学，因为诺贝尔，和斯堪的纳维亚半岛上的北欧古国瑞典就此牵连在一起——世间缘分，多么热烈美好，也足够千奇万妙。

　　金秋十月，在给此文收官之际，传来了法国作家安妮·埃尔诺获奖的消息。看来诺贝尔文学奖依旧不改我行我素之风——有多少百炼成钢的陪跑，就有多少新莺出谷的未料。谨以此文向充满无限可能的未来致意！漓江胸怀天下，初心不改，要以海纳百川的宽阔胸襟努力借鉴、吸收并呈现人类一切优秀文明成果。

2022 年 10 月 5 日　桂林

2024 年 9 月 23 日　修订

---

① 《曾经强悍的"诺贝尔旋风"影响过莫言、余华等，新一代出版人如何再创阅读高潮？》，百道网，2018 年 9 月 10 日。

［瑞典］帕尔·拉格奎斯特

（Pär Lagerkvist，1891—1974）

幼年拉格奎斯特（前排右三）及其家人（1895）

学生时代的拉格奎斯特

↑拉格奎斯特第一任妻子卡伦和他们的女儿
艾琳（1919）
↑拉格奎斯特和女儿艾琳（1925）

↑拉格奎斯特和第二任妻子伊莱恩在丹麦（20
世纪 60 年代初）
↑拉格奎斯特和他的双胞胎儿子

拉格奎斯特接受诺贝尔文学奖（1951）

北

碉堡

圣殿

各各他

客西马尼园

所罗门柱廊

玛喀比宫

戏院 公所

橄榄山

希律宫

汲沦谷

该亚法及亚那之住宅

耶利哥大道

耶稣与门徒吃
逾越节之大楼

西罗亚池

欣嫩子谷

耶稣基督时代的耶路撒冷

《父亲和我》插图

作家·作品

不可否认，他属于这样一种作家，他们勇敢而直接地献身人类至关重要的问题的研究，不知疲倦地回到人类生存的根本难题之上，面对一切极度的悲伤。他所处时代的物质条件决定了他的使命，这时代受到不断腾起的乌云与不断出现的灾难的威胁。正是在这一片阴郁混乱之中，他开始了战斗，正是在这个没有太阳的国家，他找到了自己灵感的光焰。

——1951 年诺贝尔文学奖授奖词

他在连接现实世界与信仰世界的钢索上令人钦佩地保持着平衡。这是衡量拉氏成功的尺度。

——［法］纪德（1947 年诺贝尔文学奖得主）

拉氏风格的特点就在于其简洁、认真和具有普遍意义，就这一点而言，他堪称无与伦比。

——［英］W.H. 奥登《〈黄昏的土地〉前言》

论粗犷不及班扬，论机敏不及斯威夫特，论奇想又不及斯特林堡，但他吸收了这三个人的道德精髓和艺术精华，因此他是现代古典主义的一位巨匠。

——［美］理查德·沃尔斯《〈邪恶故事〉前言》

目　录

邪恶故事（1924）

附　录

译本前言

在信仰与现实之间徘徊

沈东子

一

1951年的诺贝尔文学奖竞争极为激烈。经历两次战争的磨难，各个民族都出现了自己的文学泰斗，一时间群星灿烂，映亮西天。当时被提名获奖的候选人，有法国的莫里亚克和加缪，苏联的肖洛霍夫和帕斯捷尔纳克，美国的海明威和斯坦贝克，还有英国的丘吉尔和西班牙的希梅内斯等。可是投票结果出人意料，当年的诺贝尔文学奖桂冠居然落到了瑞典作家拉格奎斯特的头上，理由是他的长篇小说《大盗巴拉巴》以及其他作品"在为人类面临的永恒性疑难寻求答案时表现出了艺术家的活力和真正的独立见解"。

拉氏获奖的消息传出，大批记者拥向他常年居住的斯德哥尔摩郊外利丁戈一间冰封雪冻的小屋。有记者请他就那些落选者的作品谈谈看法，但这位年过60的白发老人信守自己的文学信条，对自己的或他人的创作活动都拒绝发表任何评论，只是淡然一笑，颇具绅士风度地请每位记者喝了一杯酒，让那些兴冲冲而来的人返回时，脑袋里都空悬着一个谜。

由瑞典化学家诺贝尔设立的这项世界性文学大奖，经瑞典文学院常务秘书奥斯特林之手，颁发给了瑞典作家拉格奎斯特。瑞典人自然是个个兴高采烈，可是其他国家的一些人却不免会产生一些别种联想。拉氏的文学成就究竟如何呢，我们还是来瞧瞧他的作品吧。

二

先来看看《大盗巴拉巴》。

欧洲历史上曾经有过这样一段时期，那时候旧神已经死去，而新神尚未诞生，世界上只有人。人活得自由而尽情：自由地歌唱，尽情地喝酒；自由地杀人，尽情地做爱，以为天底下只有酒神巴库斯和爱神维纳斯。没有羞耻心，当然也不会有罪恶感。这个时期从西塞罗延续到马可·奥勒留，长达两个世纪，是一个"在相当长的时间最后一批自由人生活的时代"[①]。

那个时代的欧洲人并不知道，正当他们狂歌乱舞、觥筹交错的时候，在隔海相望的耶路撒冷城，有一个年轻的拿撒勒人，正站在所罗门王时代修建的圣殿上，向世人宣讲他的教义。这个年轻人名叫耶稣，后来被古罗马帝国派驻犹太地区的总督彼拉多钉死在十字架上。罪名是宣扬异端。

---

① 尤瑟纳尔：《〈哈德良回忆录〉创作笔记》。

《大盗巴拉巴》描写的正是耶稣受难对犹太人乃至所有人的精神世界产生的深远影响。它描写的虽然只是一个名叫巴拉巴的强盗头子的个人命运，但同时也展现了一幅基督教从中东渗透到欧洲的历史画卷，因此它同时也可以被看作是一部早期基督教传教史。

为了更准确地理解巴拉巴生活的那段历史时期，有必要对犹太人历史及当时的生活状况做一简要回顾。犹太民族自统一的王国分裂为北方的以色列国和南方的犹太王国之后，屡遭异族欺凌，终于在公元前6世纪亡国，大批男女被携至巴比伦，沦为异族奴仆。面对深重的民族灾难，每个时期都有一些犹太思想家挺身出来为民族的兴亡大声疾呼，这些人史称先知，如何西阿、以赛亚、耶利米等都是。他们抨击昏庸无道的统治者和腐败堕落的社会风气，强调犹太人沦落异邦并不是因为异邦的神战胜了犹太人的神，而是因为犹太人作恶多端触怒了上帝，上帝借异邦人的手作为其拷鞭，严厉惩罚自己的子民。先知们的言论被编纂成册，渐渐形成《希伯来圣经》，即通常所称的《旧约》。《旧约》的编订成书标志着犹太教的最终形成。

犹太教是人类历史上第一个一神教，即信仰耶和华为独一无二的真神。精通律法并主持宗教仪式的学者被称为拉比。耶稣就是一位拉比。有所不同的是，他是一位具有独立见解的拉比。普通的拉比只负责向信徒讲解律法或《塔木德》，而耶稣对上帝和天国却有他自己的看法，认为上帝是爱，要人们彼此相爱，反对狭隘的民族偏见、信仰偏见和等级偏见，主张对现有的宗教律法进行改革，因而被在犹太教中占统治地位的大祭司集团视为异端。

其实任何一种新思想在产生伊始，都会被视作异端，原因有二：

其一，新思想总是产生于被压抑和被压迫的人们中间，或者说产生新思想的人必然要经历心灵的苦难。因为有苦难和压抑，所以希望变革，而变革必然就要触动另一些人的利益，因而也就必然要招致守旧势力和既得利益集团的仇视。同样的道理，变革也就必然会赢得被压迫者的广泛同情和支持。新思想之所以被视作异端，那是因为统治者需要一个镇压的借口。

其二，新思想总是产生于少数先知先觉的人当中。一种观念正因为新，所以必然有一个从少数人的头脑进入多数人的头脑的过程。而大多数人对于自己不能理解或者一时不能理解的东西总是本能地加以排斥，生怕自己好不容易才建立起来的观念体系被新思想的潮水所冲垮。而许多不理解的东西往往包含着真知灼见，正因为是真知灼见，往往不容易被固有的思维方式所接受。在一个习惯于按多数人的观念行事的社会环境里，真理的揭示常常会引起恐惧，因为它可以动摇建立在虚伪和偏见之上的思想结构，因而也会被视为异端。

于是年轻的耶稣被视为异端，在法利赛人的叫好声中被钉死在十字架上，时年 33 岁。

耶稣受难后，他所创立的基督教却传播开来。其门徒以耶路撒冷为中心建立了初期教会，主要领袖人物是使徒彼得和耶稣的弟弟雅各。后来犹太教徒保罗也加入进来。保罗先后三次往地中海东部沿岸地区传教，先后到过腓尼基、安提阿、希腊、以弗所和塞浦路斯等地，后被逮捕押送罗马，在狱中继续传播福音，连罗马皇帝尼禄家中都有人皈依基督。尼禄因感到震惊最后杀害了他。《大盗巴拉巴》里的巴拉巴，就是在这种历史背景之下，循着使徒保罗的传教路线由耶路撒冷到塞浦路斯，最后目睹了罗马城的熊熊大火。因此从某种意义上说，巴拉巴悲剧性的一生，正反映了早期基督教艰难坎坷的传播过程。

三

据《新约》记载，彼拉多起先并不想判耶稣死罪，打算按逾越节放人的惯例把他给放走了事。后来迫于法利赛人和撒都该人的压力，改为释放一个名叫巴拉巴的强盗头子，而把耶稣钉死在十字架上。这件事在四大福音书①中均有记载，都提到耶稣在总督衙门说的那句名言："钉死我吧，放了他。"而对巴拉巴只一笔带过。显然巴拉巴也像《圣经》中的众多人物一样，不过是耶稣形象的一个陪衬。他被释放后便不知去向，《圣经》也没再提到他。他被耶稣的门徒遗忘了，可是从小熟知《圣经》的拉格奎斯特却把他看在眼里，记在心上。

《大盗巴拉巴》叙述了巴拉巴获释后漫长而惨淡的一生。

巴拉巴被释放后命运如何呢，后人可以设想出万千种可能，而拉氏在这部小说中描写的仅为其中一种。他描写这位桀骜不驯的江洋大盗如何历尽磨难，九死一生，最终在十字架上归顺耶稣。故事虽然是虚构的，中国读者会感到陌生，但在饱受基督教文化熏陶的西方读者看来，此书史实可信，用典精当，激情和内心冲突真实感人，因而具有强烈的感召力。这就像有朝一日我们读到这样一部小说，说陶渊明

---

① 四大福音书，即《马太福音》《路加福音》《约翰福音》和《马可福音》，分别由耶稣的四位门徒撰写，记述耶稣的生平、言论和神迹。

避入桃花源后，却在那里碰见了屈原的后代，也会感到神奇而合乎情理一样。既符合人物命运发展的必然性，又有一定的历史依据，这就是历史小说的魅力之所在吧。

小说着意描写了巴拉巴对耶稣的复杂感情。一方面，他对耶稣之死感到困惑。一个明明知道自己无罪的人，为什么不喊冤，却愿意替代有罪而且罪大恶极的他去赴死呢？巴拉巴生下来就是街头弃儿，父亲是盗贼，母亲是妓女，自幼饱尝屈辱，备受欺凌，信奉的生命哲学是弱肉强食。他从来未曾遇见过耶稣那样的人。一个人怎么会愿意用自己的死去换取他人的生呢？另一方面，他又觉得众人把一个被钉死在十字架上的人尊为救世主实属荒唐可笑。假如那人真是救世主，他怎么会遭那般凌辱，怎么会连自己的命都救不了呢？[①]那时正值犹太民族处于风雨飘摇的危难境地，自称弥赛亚（救世主）的人不计其数，真假莫辨，因此巴拉巴当然不愿轻信。更让巴拉巴难以接受的是，许多信徒以真理的占有者自居，拒绝向他传播教义，好像唯有他们才可以与救世主直接对话。罗马人的棍棒打不折巴拉巴的骨头，同胞的偏见却深深地伤害了他的心。

小说中对巴拉巴的一生产生过重要影响的有三个人。

第一个是他年轻时欺负过的兔唇姑娘。兔唇姑娘在他受伤时照料过他，可是他却占有了她，占有之后又将她抛弃，让她在深深的罪孽感中独自产下一个死婴。然而待到两人重逢的时候，她却以极其不同寻常的方式原谅了他的过去，并为他祝福。

---

① 耶稣被钉十字架前，罗马士兵剥掉他的衣服，吐唾沫于他脸上，拿苇子打他的头，还强迫他背着十字架走。见《马太福音》第 27 章。

她站定看看地面，又十分羞涩地看看他，然后口齿含混地咕哝了句：

——彼此相爱。

正是从她的嘴里，他第一次听说了"彼此相爱"这几个字。

真正的爱不在于如何表达爱，而在于如何表达不爱。表达爱并不难，谁都可以说出多么多么爱之类的话，一个更比一个说得动听。无论是天才还是白痴，堕入情网时说出的傻话都不外乎是我爱你。而表达不爱的方式就微妙多了，一个富于爱心的人，总是以宽容与谅解待人；而缺少爱心的人，表现出来的必然是刻薄与挑剔。兔唇姑娘以自己的宽容向巴拉巴传递了基督教教义的精髓。

兔唇姑娘的惨死彻底动摇了巴拉巴固有的处世信条。但见她站在污血斑斑的石坑底，面对如雨落下的乱石，依然宁静地眨巴着那双黑亮黑亮的眼睛……这幕惨景震撼了巴拉巴，他勇猛到连自己的父亲都敢杀死，却不得不叹服这个柔弱女子的勇气，也深切地感悟到了信仰的力量。基督教出现早期被当作异端，皈依者有可能被捕、受刑，甚至被处死，因此需要极大的勇气。兔唇姑娘的惨死是当时宗教迫害的缩影，甚至连当时的教会执事司提反，也被拉到城外用乱石砸死。[1] 足见当时的社会环境是多么险恶。

第二个是巴拉巴年迈时在矿井下遇到的囚犯，名叫沙哈。他与沙哈同戴一副镣铐，两人整天成双成对，形影不离，遂成至交。矿井在

---

[1]　司提反为基督教第一位殉道者，因试图另树一帜，声称不必恪守全部摩西律法，而被守旧的犹太公会判处死罪，用乱石砸死。

《圣经》中是地狱的代名词。沙哈虽然在井底过着猪狗不如的非人生活，可是却显得那么宁静安详，因为他心中有主，主的圣名就刻在他胸前的号牌上：

> 沙哈又看了一眼那些符号，然后把圆牌翻过来贴在胸前，幸福地说他是神的奴仆，他属于神。

巴拉巴明白这一点后，再次感到震惊。他试图也拥有那个神，感受一下那神的神性，于是在自己的号牌上也刻下了那神的名字。可是当两人被捕面临生死抉择时，沙哈从容地选择了死，而巴拉巴却背弃信仰，像狗一样活了下来。这是他第二次从十字架下死里逃生。沙哈临死时为巴拉巴祈祷，以自己的死赎了巴拉巴的罪，同时也向他传播了牺牲自己拯救他人的基督教教义。这时巴拉巴才开始明白耶稣之死的意义。

可是在罗马城纵火案中，巴拉巴又成了罪人。他在狱中遇到了最后一位心智启蒙者，就是使徒彼得。彼得是耶稣的忠实门徒，可是年轻时也曾有过三次不认耶稣，而后又痛哭流涕的事。当时耶稣被犹大出卖而被捕，彼得远远跟随在后面，有几个人认出他是耶稣的门徒，嚷嚷着也要抓他，彼得因为惧怕矢口否认认识耶稣，结果应验了耶稣的预言："今日鸡叫之前，你要三次不认我。"鸡叫后，耶稣转过身看着彼得，彼得流下了忏悔的眼泪。此时已近暮年的彼得看着巴拉巴对众门徒说：

这是一个不幸的人，我们没有权利责怪他。我们自己还不是有许多许多的弱点和过失，主之所以垂怜于我们，也不是因为我们有好名声。我们不能因为一个人不信神，就责怪他。

彼得这番话等于宣布了巴拉巴的灵魂归宿。于是巴拉巴作为唯一一位非基督徒囚犯，与众多基督徒一道被尼禄钉死于罗马城外的十字架上，完成了自己通往十字架的苦难历程。

巴拉巴对基督以及基督教的认识，从迷惘、彷徨，到最终归顺，其间的心路历程确实堪称漫长而复杂，也正因为漫长而复杂，才令人信服。一方面，它表现了巴拉巴个人的内心世界。一个习惯于杀人越货的强盗，已经把恃强凌弱当作自己的生活信条，眼看就要活该被钉死于十字架上，却不意遇见一个瘦男人为他赎罪，心中的惊讶可想而知。于是他开始思索，徘徊于现实世界和信仰世界之间，由肉体需要转向精神需要，感到心灵空落无所依托。

另一方面，它又体现了人类不屈而苍凉的生命追求，让各民族的读者的心为之战栗。信仰是一种精神力量，拥有信仰的人会显得勇敢而坚强，具有超凡的人性的魅力。人类在精神生活的漫漫路途上已经上下求索了几千年，但是生命的彩虹依然遥远。巴拉巴归顺了基督，那是巴拉巴历经苦难做出的选择。我们无法评说这种选择是对还是错。这种选择对社会有何意义无从知晓，但对巴拉巴个人却是必然的归宿。在这部小说里，选择本身并不动人，动人的是巴拉巴一生的苦苦求索，那份迷茫，那份焦虑，那份绝望，任何一个有所追求的读者都会被这种复杂情感打动心窝。诚如拉氏研究权威沃尔斯所说："拉格奎斯特更多的是一位艺术家，而非哲学家。"[①]他描写的是一个人，而读者读出来的却是一种人生。这也正是《大盗巴拉巴》以及所有优秀文学名著打动人心的地方。

四

凡大文豪都不会漠视历史，不仅不漠视，而且还要投去探寻的目光，因为在历史厚重的尘土中，掩埋着未来的钥匙。历史小说虽然写的是历史，可是探索的依然是生与死、悲与欢、爱与罪、善与恶这样一些现实问题；历史小说描写的虽然是历史人物的命运，可是他们的微笑，他们的泪水，依然会让你我掩卷沉思，好像描写的也是我们的心路历程。跟《大盗巴拉巴》一样，《侏儒》也是一部历史小说。它写于 20 世纪 40 年代。40 年代的世界狼烟四起，战火连天，人类正在进行民主与独裁、正义与邪恶的生死较量，面临何去何从的重大抉择。《侏儒》的问世在当时被看作是文学界和思想界的一件大事。[①]

小说描写的是 16 世纪欧洲文艺复兴时期意大利北部一个小公国的兴盛与衰亡，以及几位皇室成员的悲惨命运。文艺复兴运动发端于意大利北部佛罗伦萨、威尼斯和米兰地区，至 16 世纪达到鼎盛。它名为文艺复兴，实际并非单纯复古，而是表达了当时人们对古希腊古罗马灿烂文化的向往，希望挣脱中世纪宗教禁欲主义的束缚，创造出

---

① 理查德·沃尔斯：《评〈侏儒〉》（《星期六文学评论》）。

与古典文化同样辉煌的新文化。另一方面，所谓文艺复兴，也并非仅仅是一种文学艺术现象。文学和艺术的创新，往往可以推动哲学、史学和诸多自然科学的发展，形成强大的人文主义力量，启发和鼓励人们思考人的尊严和生命的价值，从而产生改变不合理社会结构的愿望和要求。文艺复兴运动对当时意大利社会的冲击，不亚于五四新文化运动对中国近现代社会的影响。

15世纪下半叶的威尼斯共和国附近，有个叫罗马革那的小公国，国王名叫塞萨雷·波吉亚①。波吉亚一生胸怀大志，企图凭武力和谋略统一整个亚平宁半岛，但为人不仁，有点类似三国时代的曹操。杀兄篡夺王位后，先后以不宣而战等种种不义手段征服了众多邻国，因而深得当时身为佛罗伦萨外交使节的马基雅维里②的赞许，被马氏赞誉为新一代君王的楷模。虽然波吉亚最终兵败身亡，但是马氏认为在他身上体现了一位君王的基本素质，那就是为了达到目的可以不择手段，伟大的君王只有不择手段才能实现自己统一江山改造社会的远大抱负。

《侏儒》的故事就是取自这一段历史。书中的大王即为塞萨雷·波吉亚，那个身为画家兼发明家的老人为达·芬奇③，当时是波吉亚的密友，而在主人公侏儒身上，则游荡着马基雅维里的幽灵。了解这一

---

① 塞萨雷·波吉亚（1475—1507），文艺复兴时期意大利北部罗马革那公国国王。先后征服众多邻国，后兵败被俘，死于西班牙。

② 马基雅维里（1469—1527），意大利政治家和史学家。著有《君主论》一书，认为国家的利益高于一切，君主为了国家的利益，可以背信弃义，不择手段。此学说后来发展为著名的马基雅维里主义，被希特勒和墨索里尼引为进袭他国的理论根据。

③ 达·芬奇（1452—1519），意大利文艺复兴时期画家和科学家，与拉斐尔、米开朗琪罗并称三大艺术巨匠，对人体结构和各种机械装置也素有研究。

历史背景，就多少能够明白，拉格奎斯特为何在纳粹铁蹄蹂躏欧洲大陆的年代，写出这样一部关于人类战争、关于人性邪恶的长篇历史小说。

五

拉氏描写历史画面，总是独具视角。如果说他在《大盗巴拉巴》中选择了那个死里逃生的强盗作为自己的眼睛，随他飘零四方，去见识早期基督教文明的传播过程，那么在《侏儒》一书中，他选择的则是宫廷里的一名侏儒。这可不是一个平平常常的侏儒，且看他如何自述：

> 我们侏儒源自一个比现今聚居于地球上的人要古老得多的种族，因此我们一生下来就老了。不清楚这种说法是否属实，假如当真如此，我们可就成了最原始的生命。对于附属于另一个迥然不同的种族，我并无异议。……顺带说说吧，她（王妃）以为我们会为她生个小孩，其实这是错误的观念。我们侏儒才不生儿育女呢，我们这一族的优势就在于不生育，根本不用为生命的繁衍担惊受怕，甚至想都不必去想那个问题。我们不生儿育女。为什么呢，因为人类本身会生出侏儒来，这一点是毫无疑问的。我们让自己由那些傲慢的生物生出来，让他们吃尽苦头。我们这一族经由他们传宗接代，以这种方式来到这个世界。这就是我们不生育的奥秘。

我们属于那个种族，但同时又置身其外。我们是前来造访的客人，是前来造访达数千年之久的古老而皱瘪的客人。

这个侏儒对人类既蔑视又仇恨，在他的眼里，人类的一切都丑恶无比，他以毒眼看世界，以恶语咒人间，极端仇视和平，仇视幸福，仇视爱情，唯独喜好血。为了实现自己毁灭人类的罪恶理想，他像毒蛇一样悄无声息地出没于宫廷内外，偷听旁人的谈话，窥视他人的隐私，利用自己的宠仆地位，以谗言巫语迷惑国王，致使王妃疯癫，将军中毒，王子命丧恋人床上，公主蒙着含恨投江。他把人类看作一群愚昧贪婪的生番，灵魂充满原罪，比肉体更为丑恶，连爱情也是一种罪，而且据他所说，是最大的罪。甚至连蒙娜丽莎的微笑，他看着也觉得充满淫邪。为此他手执皮鞭狠狠抽打因不堪苦恋而向上帝祷告的王妃，恶声吼道："你爱的是堂·里卡多（她的情人），而不是他（耶稣）！你以为我不知道？你以为你能骗过我？……你嘴上说你渴望墙上的那个人，其实你渴望的是你的情人！你爱的是他！"

拉氏为何要创造这样一个邪恶狠毒的文学形象呢？

像所有关心人类命运的大作家一样，拉氏时时都在对人性的本质进行宏观的思考。这种思考在其早期作品，如《邪恶故事》中已初见端倪，到了《侏儒》则已形成系统的观点。

他生活的年代正值欧洲风云变幻，战乱频仍，战争最能表现人性的凶残，平日温情脉脉的面纱被撕得粉碎，各种恶劣品质都暴露于光天化日之下，充分印证了基督教关于人类天性邪恶需要进行拯救的观点。

拉氏认为恶并不是善的对立物，而是爱的对立物。一个人可以做到善，但未必能做到爱，爱比善更需要心智，把恶提升为爱的对立物，也就等于对人类提出了更高的道德要求。拉氏眼中的爱并非单纯的男欢女爱或手足之爱，不是对个人的爱，而是对人的爱，对人类的爱，是博爱。他的所有作品都贯穿着对这种爱的思考，在他看来爱人类才是真爱，爱个人不过是占有。爱人类是一种奉献，是一个人经历心灵苦难后对生命意义的全新的理解。苦难可以使人的灵魂堕落，也可以使人的灵魂升华。人的灵魂唯有经历苦难才能升华。相形之下，爱个人只能算作一种拥有的渴望，这种渴望无论多么强烈，都与政客对权力的垂涎或者商人对金钱的贪欲没有本质上的区别。或者说这种渴望愈是强烈，就愈表现出人性的私欲。

拉氏痛感人性狭隘而贪婪，于是创造出了一个比人更为邪恶的侏儒，借助侏儒那双贼溜溜的小眼睛冷眼看待人的世界，看待人类固有的种种劣性。这个侏儒毫无爱心，本身就是一种恶，但他并非人类的敌人，而是人类自身的一部分。每个人心中都有侏儒。每个人心中都有恶。侏儒会从我们身上长出来。"侏儒天性中的那种邪恶，在我们身上也有——那种邪恶是全人类的。"[1] 书中的侏儒扬鞭狠抽陷入情欲的王妃，读完《侏儒》，我们却仿佛看到拉氏手执道德的鞭子，正毫不留情地抽向我们自己。

---

[1]　多萝西·肯费尔德:《〈侏儒〉评语》(农戴出版社，纽约，1973 年)。

六

　　拉氏 1891 年 5 月 23 日出生于瑞典南部沃克约镇一户笃信宗教的小职员人家，是七个孩子当中最小的一个。父亲安德斯·拉格奎斯特是一名铁路信号员。在本地念中学时他就已立志从事文学创作，1911 年入瑞典最权威的高等学府乌普萨拉大学，但只念了一个学期就弃学出走。第二年只身前往巴黎，在那里结识了众多文友，深受表现主义和立体派艺术的影响，开始为斯德哥尔摩的报刊撰写介绍阿波利奈尔等立体派艺术家，阐明自己艺术观点的文章，宣称他的文学目的就是要"冲破人性的束缚，飞向思想的天空"①。

　　拉氏与用瑞典语写作的芬兰女诗人伊迪丝·瑟德格兰②几乎同时出生，也几乎同时以抒情诗步上文坛。1916 年，两人同时出版了处女作诗集，拉氏的集子定名为《苦闷》，瑟德格兰的集子则就叫《诗集》，两本诗集都独具个性，给瑞典文坛带来了清新的空气。瑟德格兰的诗名甚至超过了拉格奎斯特。后来两人走上了不同的文学道路。赤贫如洗、病魔缠身的瑟德格兰转向尼采的超人哲学和马雅可夫斯基的先锋派诗歌，年仅 31 岁就悲惨死去。而拉氏到达巴黎后，结识了美国女

---

① 　拉格奎斯特：《语言技巧与绘画艺术》（1913 年）。
② 　伊迪丝·瑟德格兰（1892—1923），芬兰女诗人，出生于圣彼得堡，用瑞典语写作，为瑞典和芬兰现代派诗歌的先驱。著有《玫瑰祭坛》和《未来的阴影》等，中译本诗选名为《玫瑰与阴影》（漓江出版社，1990 年）。

作家格特鲁德·斯泰因①，在她的力荐之下先于许多人进入巴黎文人圈，获益匪浅，开始了第一个创作高峰期。

优秀的作家往往不会局限于一两种题材，比如鲁迅除了写小说，还会写随笔、杂文，研究文学史，翻译外国文学。拉氏除了写小说，也写散文和随笔，尤其擅长写剧本，接连写出《艰难时刻》（剧本，1918）、《天堂的秘密》（剧本，1919）、《永恒的微笑》（小说，1920）、《邪恶故事》（短篇小说集，1924）、《现实之客》（自传体小说，1925）、《心中的歌》（诗集，1926）等，初步形成自己鲜明的文学风格——简洁、朴实而深刻。

20世纪30年代初，拉氏去了一趟巴勒斯坦和希腊，实地考察了当地的人文风情，感受那里的宗教意识和尚武精神，为日后几部长篇历史力作收集了大量第一手材料。这期间他写出了《刽子手》（剧本，1933）、《攥紧的拳头》（随笔集，1934），开始进入第二个创作高峰期。

拉氏的剧本品种不少，中文本《刽子手》收入了其中的四个剧本，《艰难时刻》《天堂的秘密》《刽子手》和《哲人石》。

《艰难时刻》由《车祸》《金丝雀》《男孩》三出短剧组成，是作家深受易卜生、斯特林堡的影响，早期创作的试验性话剧作品，三部剧作的内容相互没有关联，但艺术性很接近，都属于20世纪初风靡北欧的先锋短剧，最适合学生剧团演出。

《天堂的秘密》是拉氏年轻时代的代表作，剧本不算很长，但里

---

① 格特鲁德·斯泰因（1874—1946），美国女作家，1907年与女秘书托克拉斯结为终身伴侣，其巴黎寓所遂成为20世纪初著名的文学沙龙场所。毕加索、马蒂斯、海明威、菲茨杰拉德等人，都曾先后成为其沙龙的座上客。

面的角色很丰富，有的戴骷髅帽，有的穿紧身衣，有的挂双拐，有的绑着铁爪在地上爬行，还有侏儒和老妇人，当然这些都是配角，主角是一个弹吉他的姑娘，还有一个寻找天堂的迷惘青年。在这样的环境中生活，自然是很悲伤的，年轻人走投无路，只能向姑娘求爱，结果遭到断然拒绝，因为姑娘的灵魂丢失了，弹出的永远是乱音。

独幕剧《刽子手》写于1933年，拉氏正值不惑之年。那是纳粹猖獗的年代，希魔彼时如日中天，还要过十二年才死在柏林的地下室。剧本表面上描述中世纪的刽子手，实际上暗讽希魔，当时法西斯主义不仅在德国盛行，在北欧和南欧的一些国家，如芬兰、塞尔维亚、罗马尼亚等也大受欢迎，喜欢纳粹是正确的选择，不喜欢有可能惹麻烦。拉氏不但不喜欢，还写剧本讽刺，这就很需要些胆量。历史证明尽管希魔早就死了，但纳粹阴魂不散，至今还游走于欧洲的大地上，光头党就是很典型的例子，这也说明拉氏的文学嗅觉是敏锐的，如同奥威尔的《1984》，具有洞穿历史的卓越能力。文学的真正价值，是对一切时间藩篱的穿越，赢得一代代年轻读者的心。

剧本分为两部分，前面部分是一群古代底层匠人，围坐在小酒馆的长桌前，喝酒议论当时的绞刑架，绞死了不少无辜的人，表达对社会不公的不满，而坐在另一端的刽子手一言不发。后面部分描写的是同样在酒吧内，一群人也在喝酒，但因政见分歧发生冲突，导致随意开枪杀戮。比如他描写两位年轻人，在完成暗杀任务后，来到酒吧寻找伙伴。

甲：早知道做个刺客有这么多麻烦，我就不朝那家伙开枪了，据说他还是个体面人。

乙：是的，不过从装束就可以看出来，他不是我们这边的人。

甲：嗯，有些可怕。今晚你去帮忙搬尸体吗？

乙：搬尸体？

甲：是呀，根据新观念，我们要去把几个叛徒的尸体，从教堂墓地搬到沼泽地，那边才更适合他们。

乙：哦。

甲：哦？你不去？

乙：不知道……有什么说法吗？

甲：说法？这是组织上的要求！

乙：没什么，只是觉得太他妈恶心！

甲：你想拒绝听从指令！你流露了自己的这点小心思！

乙：我要去！我告诉你！

甲：不，先生，我们不会让你这么轻松地去！

乙：我要去！你这狗杂种！

甲：听见了吗？他骂我们是狗杂种！你想拒绝吗，想逃跑？

乙：我没有拒绝！

甲：不，你拒绝了！

第三者：别站在那儿跟逃兵争吵，够了！

（传来一声枪响，还有沉重摔倒的声音）

　　　　把尸体抬出去。

甲：不，就让他躺着，又不妨碍谁。

作家描写在不同的时代，统治者的套路都是一样的，都喜欢用欺骗民众的办法，建立残酷的独裁专制，像对待牲口一样对待本国人民。剧中描写白人酒鬼掏出手枪，强迫黑人乐手演奏进行曲，场面十分惊心动魄，黑人因拒绝演奏而招致殴打，又因反抗而招致枪击，最终带着满脸的鲜血，被迫进乐池，一边流血一边演奏，再现了 20 世纪 30 年代的种族歧视，显示出鲜明的时代特征。

七

19 世纪末的北欧舞台，出现了两位现代派戏剧大师，易卜生和斯特林堡，拉格奎斯特的戏剧创作深受他们的影响。易卜生是挪威人，其作品以猛烈抨击传统道德习俗闻名于世，虽然遭到保守势力的抵制，与自己笔下的娜拉一样，被迫出走异国他乡，但丝毫也没有放弃自己的信念。拉氏不但佩服易卜生的勇气，对其精湛的创作手法也推崇备至，年轻时就苦读其剧作，非常喜欢其中的口语化对白，把这种对白运用到了自己的作品中。

另一位大师斯特林堡是瑞典人，因其自然主义和表现主义的创作手法，被誉为瑞典的现代戏剧之父。拉氏的剧作基本上可以归为表现主义流派，注重剖析人物的内心，尤其喜欢制造舞台的灯光效果，用灯光的梦幻转换，表现时光的前进与倒退。拉氏年轻时意气风发，观点锐利，曾预言后人回看我们这个时代，看到的只有堕落，而其中最明显的痕迹，是文学的日趋保守，为此他做出了巨大的努力，试图力挽狂澜。

《哲人石》（剧本，1947 年）是拉氏剧本的扛鼎之作，表达了作家对社会变革与生命奥秘的深邃思考。20 世纪的前五十年，欧洲就经历了两次世界大战，这不能不令有识之士对人类的命运产生担忧，人究竟为何而活着，社会究竟怎样变化才算是进步，这些都是永恒之谜，历代哲学家苦思不得其解。剧中的主人公艾尔伯特斯，就是一位炼金术士，也可以说是一位学者、哲人或大师，他受王子之命，试图用炼金术点石成金，为皇家提取黄金，而内心更多的思考，是对真理的探索与追求。

因为长年孤灯清影，在炉前从事日复一日的单调工作，艾尔伯特斯的家境是比较贫寒的，经常要在赐福日进王宫领取王子的赏金，这种事他开始还亲自去，后来碍于自尊，自己不愿露面，总是让女儿凯瑟琳去领，而女儿也在成长中，不久就进入豆蔻年华，美丽的姿容为王公贵族所垂涎。

女儿与一位犹太少年雅各布两小无猜，结下了很深的情谊，也曾想比翼双飞，去遥远的土地共享爱情。不想终于有一次，去王宫领取赏金时，成为宫廷纨绔子弟的玩物，拿到一条金项链，从此进入了青楼。剧本中有一段这样的描写，一天凯瑟琳很晚回来，将一袋金子扔到父亲面前说：

> 爸，你努力了几十年也没取出黄金，而我已经用身体取到了。

这句话表面上是讽刺父亲做的事徒劳无益，而更深层的意味，是揭露了残酷的社会现实，是对社会不公的强烈抨击。杜甫有"纨绔不饿死，儒冠多误身"的诗句，写的就是这种景象。

一次纨绔子弟喝醉酒，居然追到凯瑟琳家中调戏她，雅各布刚好去看望她，忍无可忍将纨绔掐死，凯父竭力想顶罪，谎称是自己失手打死的，但雅各布还是被处以极刑。凯瑟琳万念俱灰，扔掉了那条金项链，说那是撒旦给她的绞索，去修道院做了一名杂役修女，从此断了对人世间的念想。这结局有点像宝玉出家，世界白茫茫一片真干净。

所谓哲人石，指的是术士长年苦炼而依旧不变的石头，也喻指经年苦思终不获的精神指导，拉氏的剧作如同其小说，最终还是归结于信仰，唯有信仰帮助灵魂穿越千山万水，过渡到永生。如果说东方人看重的是超度，西方人终日追寻的，则是灵魂的安歇，也即我们知道的安魂。灵魂如果不能安歇，肉体便会陷入困顿与焦虑，进而在迷茫中受到伤害，所以安魂是永恒的追求。

剧中有一段艾尔伯特斯与犹太拉比萨门戴斯的对话，后者是雅各布的父亲。

萨：你的研究有没有取得进展？

艾：当然，当然有进展，但这种事不好说得太确定。

萨：是的，当然是这样。……但你依然坐在哲学的炉火前，我敢确信这些年来，你已经有了许多发现，解开了不少谜团……你的工作台，那年代久远的炉火，依然在日夜燃烧，一切的一切都跟以往一样，从一个混乱无序的世界，走进这间屋子里，看见屋内有个人在寻求智慧，这是多么愉快的事呀……

艾：嗯，嗯，要想确定是否真的有进展，这还只是想象，显然是很困难的，仅靠研究的成果不足以证明，有可能路子是对的，也有可能是歧途，新的发现又可以说明先前只是想象，尚无法确定。有时候新发现说明，一个人知道得很少，非常非常少。

两个男人的对话，表现了哲学思考面临的永恒困境，哲学不是用来挣钱的，所以哲学家不可能有钱，也不可能为社会创造财富，哲学思考的是生命的终极，也即幸福与痛苦，而那样的精神世界，靠挣钱是无法企及的。拉氏充分运用了戏剧的特殊表达方式，几乎所有的对话都简洁而动人，每个角色都感情丰富，除了哲人父女，母亲玛丽娅、犹太拉比萨门戴斯父子等等，都擅长说理，故事跌宕起伏，具有强烈的感染力。

安德烈·纪德[1]在评论拉格奎斯特的作品时说："他在连接现实世界与信仰世界的钢索上令人钦佩地保持着平衡。这是衡量拉氏成功的尺度。"拉氏作品的最大特色就在于此，就在于从历史的角度看待个人的命运，看待人类的前途，自始至终专注于对人性善与恶的挖掘，专注于探讨人的心灵依托和灵魂归宿。"拉氏对情节并不感兴趣，他善于捕捉那些本质的、典型的和有机的东西。"[2]这种对心灵世界的执

---

① 安德烈·纪德（1869—1951），法国作家，1947年诺贝尔文学奖获得者。
② 理查德·沃尔斯：《〈邪恶故事〉前言》（兰登出版社，纽约，1975年）。

着兴趣是与他的生活背景密切相关的。

　　1940年，拉氏被评选为瑞典文学院院士，他大概不曾想到，十一年后正是这所学院授予了他诺贝尔文学奖。次年又被授予哥德堡大学名誉博士学位。20世纪40年代中期，瑞典分批出版了他的诗歌卷、散文卷和戏剧卷。接着问世的便是使他饮誉世界的两部长篇历史小说《侏儒》（1944）和《大盗巴拉巴》（1950）。

　　这两部小说不仅集中反映了拉氏对人类命运的理性思考，而且也充分表现了他的艺术才能。拉氏作品的艺术特色，除了前面提到的语言朴实，还表现为他对人类文化精华的领悟、吸收与运用，这一点尤其受到同时代许多大作家的钦羡与推崇。W.H.奥登[1]在将拉氏的一些诗作译成英文之后说："拉格奎斯特的作品多引用各种宗教经典，《圣经》、《吠陀经》、《火教经》、《可兰经》、冰岛传奇与诗歌、民歌、《卡利瓦拉》[2]等，都在他的引用之列，拉氏风格的特点就在于其简洁、认真和具有普遍意义，就这一点而言，他堪称无与伦比。"[3]

　　理查德·沃尔斯则把他与另外几位文学大师做了一番比较，认为他"论粗犷不及班扬，论机敏不及斯威夫特，论奇想又不及斯特林堡，但他吸收了这三个人的道德精髓和艺术精华，因此他是现代古典主义的一位巨匠"[4]。拉氏自己倒是颇为谦逊，他女儿（也是他的选集的编

---

[1]　W.H.奥登（1907—1973），英国现代诗人。
[2]　《卡利瓦拉》：埃利阿斯·罗洛特于19世纪初收集古诗、神话和英雄故事等编撰而成的芬兰民族史诗。
[3]　W.H.奥登：《〈黄昏的土地〉前言》（密歇根州立大学出版社，底特律，1975年）。该书为奥登与约伯格合译的北欧现代诗人诗选。
[4]　理查德·沃尔斯：《〈邪恶故事〉前言》（兰登出版社，纽约，1975年）。

辑）回忆说，她父亲在谈到自己作品的特点时，曾私下用明晰、坦诚和深远这几个字加以概括，说自己的追求就是想让这三者达至和谐，时时都担心做不到这一点。

拉氏获得诺贝尔文学奖后，立刻为世人所瞩目，登门造访者如过江之鲫，但他深居简出，闭门谢客，一再声称已经无话可说，想说的都已经写进了作品里。此后他又创作了一系列作品，包括《黄昏的土地》（诗集，1953）、《女巫》（小说，1956）、《玛丽安娜》（小说，1967）等。1958年6月，一家丹麦报刊未经他同意把一篇对他的私人采访文章公之于世，拉氏当即回复一封公开信，重申不对他自己的和别人的创作活动发表任何评论乃是他的准则。[①] 1974年7月11日，拉格奎斯特于利丁戈去世，享年八十有三。

阿·诺贝尔在设立诺贝尔奖时曾经表示，要把文学奖授给那些富有理想倾向并且对人类具有最大价值的作品。拉氏虽然是一位瑞典作家，他的作品所表现出来的对生命意义的探寻却属于全人类。因此完全可以这样说，将诺贝尔文学奖授予拉格奎斯特，不只是拉氏的骄傲，而且也是诺贝尔文学奖的荣耀。

1992 年 6 月

［此次再版，除了《大盗巴拉巴》（含《邪恶故事》)、《侏儒》，又增加了剧作选《刽子手》，对前言的第六节和第七节做了补充。2023年春天补记］

———————

① 见 1958 年 7 月 4 日斯德哥尔摩《每日新闻》。

大盗巴拉巴

（1950）

第一章

世人都知道他们①悬吊在十字架上的情景，知道围站在他周围的那几个人是谁：他的母亲马利亚②、抹大拉的马利亚③、维隆尼卡④和背负十字架的古利奈人西门⑤，还有为他裹尸的亚利马太人约瑟⑥。可是在山坡下方不远的地方，还站着一个男人，正睁眼盯着中间那个垂死者，自始至终看着那人在痛苦中挣扎。那人名叫巴拉巴⑦，本书

① 耶稣被钉在十字架上时，另有两名强盗被钉在耶稣左边和右边的十字架上。这里说的"他们"当指耶稣和那两名犯人。见《路加福音》第23章和《马可福音》第15章。

② 马利亚，耶稣的生母。她和约瑟订婚后，因上帝显灵而怀孕，后来产下一子取名耶稣。见《路加福音》第1章。

③ 抹大拉村在加利利海西岸。抹大拉的马利亚是耶稣的女信徒之一。耶稣被钉死时，她是站在十字架旁目睹全过程的人之一。后来她又亲眼见到耶稣复活，第一个把消息传给他人。见《马太福音》第27章和《约翰福音》第20章。

④ 维隆尼卡，耶稣女门徒之一。耶稣在背负十字架前往各各他的途中，她曾递一布巾给耶稣擦脸上的汗。后来耶稣的容貌印在了布巾上，成为奇迹。

⑤ 古利奈，埃及以西吕彼亚一城镇，距地中海15公里。西门是古利奈人，耶稣受难时，他正从乡下来，被罗马士兵抓住，代替耶稣背负十字架前往各各他。见《路加福音》第23章。

⑥ 亚利马太，以法莲山地的一个地方，先知撒母耳的出生地和埋葬地。约瑟是亚利马太的一位财主，也是耶稣信徒之一。耶稣受难后，他征得彼拉多同意，把其身体用细麻布裹好，安放在自家的新坟里。见《马太福音》第27章。

⑦ 巴拉巴，囚犯，因在耶路撒冷城里作乱杀人被下进监狱。耶稣被捕时此犯正在狱中服刑。据犹太人惯例，逢逾越节要释放一名囚犯。罗马巡抚彼拉多有意开释耶稣，但众人受祭司煽动齐声要求释放巴拉巴。结果巴拉巴获得自由，而耶稣则被钉死在十字架上。见《马太福音》第27章。

要讲的就是关于他的事情。

巴拉巴年约三十，体格强壮，面色蜡黄，长着红胡子和黑头发。眉毛也是黑黑的，两眼过于深邃莫测，仿佛不敢正视他人。一只眼睛下面有一道很深的伤疤，一直延伸进红胡子里面。不过人的相貌并不重要。

他跟着众人穿街过巷，从巡抚衙门一直走到这里，但只是远远地跟着，躲在别人的后面。那位筋疲力尽的拉比①仆倒在十字架下面时，他赶紧止住脚步，离十字架远点。这时他们抓住那个叫西门的男人，强迫他代为背负十字架。人群里没有几个男人，当然那些罗马士兵除外，尾随那个被判有罪的男人的多半是妇女，还有一群衣衫破烂的小顽童，每当有即将被钉死在十字架上的人从街上经过时，他们都会赶来凑热闹——这对于那些穷孩子也算是一种乐趣吧。不过他们很快便感到索然无味，于是又回去捉自己的迷藏，只是不经意地瞅了一眼跟在众人后面的那个脸上有一道刀疤的男人。

现在他站在刑场的坡上，望着吊在中间十字架上的那个人，目不转睛。其实他本来一点儿也不想到这儿来，这儿又脏又臭，充满了毒瘴恶疠。任何人一旦涉足这个可怕又可恶的地方，他肯定就会留下一些什么，以后就有可能被召回来，再也甭想离开。头盖尸骨遍地可见，混杂着倒坍朽烂的十字架。十字架已毫无用处，就那样长年累月地横陈在那里，谁也不会去触碰它们。那他为什么还要站

---

① 拉比即犹太教法师。此处指耶稣。

在这里呢？他与那个人素不相识，更谈不上有什么恩怨。他既然已被释放，何必又来各各他^①？

钉在十字架上的那个人脑袋低垂，呼吸艰难，看来熬不住多长时间了。那人简直就谈不上健康，身体瘦而狭长，胳膊细细的，好像从来就没派上过什么用场。好一个奇人。胡子只有稀疏几根，胸脯则如同小男孩一样光洁无毛。他并不喜欢那个人。

巴拉巴在衙门的大院内第一眼瞧见他时，就觉得那人有点怪。但究竟怎么个怪法他也道不明白。就是有那么一种感觉。他感到自己平生从来也没有见识过那样的人。这一定是他刚从地牢里出来，眼睛尚未适应阳光的缘故。因此头一眼看过去，那人仿佛被炫目的光芒所环绕。当然光芒很快就消失不见，他的视觉重又恢复正常，除了孤零零站在院子里的那个人，四周的一切也都能看清楚。但他依然觉得那人怪，显得与众不同。很难想象那居然是一名囚犯，而且已经被判处死刑，就像自己一度被判过的那样。他实在无法理解。这事倒是与他无关——可是他们怎么能做出那样的判决呢？那人显然是无罪的。

随后那人被领出去行刑，而他则被除去镣铐，得知自己获得了自由。这并不是他的过错，而是他们干的好事。他们完全可以随心所欲地挑选谁，而且也确实就这样干了。两个人都被判处极刑，但是其中一个却被释放。挑选的结果连他自己也不敢相信。在他们给他卸掉枷锁的当儿，他瞅见另外那个人被大兵押解着消失于门洞

---

① 各各他，《圣经》中译本一般译为髑髅地，耶路撒冷城郊的一座山冈，因该地为刑场，尸骨髑髅比比皆是而得名。

里，十字架已经压在了他的脊背上。

他一直站着，穿过空荡荡的门洞朝外张望。卫兵推他一把吼道：

——站在这儿傻乎乎地看什么？快滚，你自由了！

这时他方才如梦初醒，从同一个门洞走了出去。就是在这个时候，看见另外那个人拖着十字架在街上行走，于是他便跟了上去。为什么呢，他不明白。他也不明白既然关他屁事，为什么还要在这里伫立好几个小时，注视那人被钉上十字架，而后在痛苦中久久挣扎。

那些围站在十字架周围的人难道是被迫前来此地的吗？如果不是出于自愿，他们完全可以不来。没人强迫他们一路而来，玷污自己。不过他们显然是一些亲朋好友。奇怪的是，那些人似乎并不在乎名声受损。

那个女人肯定是他母亲，尽管相貌不太像。可是又有谁能像他呢。她看上去像个农妇，神情肃穆而愁苦，不停地用手背抹自己的鼻和嘴。因为泪水正不住淌落下来。但她并没有哭出声。她表示悲伤的方式跟其他的人不一样，凝视他的目光也有别于他们，因此可以肯定那是他的妈妈。她或许比别人更为他感到悲痛，但即便就是这样，她似乎也还是为他悬吊在那里，为他被处以钉十字架的极刑感到羞愧。无论他是多么清白无辜，他都一定是因为做了什么事情才会落得这样的结局，这是她所不能接受的。她知道他是清白的，因为她是他的母亲。不管他做过什么样的事，她都会这样想。

而他本人没有母亲，也没有父亲。他从未听谁提到过他们。据他自己所知，也没有任何人与他沾亲带故，因此假如他被钉死在十字架上，绝不会有谁为他落泪。不会出现这种场面。他们捶胸顿足，号啕大哭，似乎从未经历过如此惨痛的事情，自始至终都泪流满面，呜咽不止。

他与钉在右边十字架上的那个人倒是过从甚密。假若那人有机会看见他站在这儿，一定会以为他是为他而来，为了看清楚他受折磨的样子而来。才不是这么回事呢。他来这儿根本就不是因为这个。不过看见那人被钉上十字架，他感到很快慰。如果有谁真该被钉死，那就是那个混蛋。不是因为处死他的那些指控，而是因为另外一些罪行。

然而他为什么盯着他看，而不是盯着中间那个替他受刑的人呢？就是因为那个人，他才来到这里。那个人迫使他来到这里。那个人对他拥有一种奇异的支配力量。力量？如果有谁看上去手无缚鸡之力，那必定是那人无疑。悬挂在十字架上，不会有谁比那人显得更可怜了。另外两个就不是那种样子，不像他那么痛苦。他们显然还残存了一点气力。他则连支撑脑袋的劲都没了：它耷拉了下来。

尽管这样，他还是稍微抬了抬头，光洁无毛的胸膛因为喘息而不住起伏。他伸出舌头舔了舔焦裂的唇。他呻吟了一声，好像是说渴。懒洋洋围坐在不远处的斜坡上掷骰赌博的那伙大兵并没有听见，他们正烦着呢，因为吊在那里的那几个人拖了这么久还不死。这时那些亲人当中的一个走过去提醒他们。一个兵士很不情愿地站起来，拿一团海绒①往瓦罐里蘸了蘸，用一根木棍挑着递上去。但

① 海绒：一种纤维物体，用某种海生动物的尸体加工而成。

他尝了一下肮脏刺鼻的液体[1]，便拒绝再要。那个无耻之徒站在那儿咧嘴直笑，等他回到那一伙人当中后，他们全都哄笑起来。一群畜生！

那些亲戚或是别的什么人，万分绝望地仰望着钉在十字架上的那个人。那人一次又一次地喘着粗气，看样子很快就要断气了。死期快点到来倒也好，巴拉巴心想，这样的话那个可怜的人儿就用不着再吃那么多苦头了。但愿死期快快到来！大限一到他就逃之夭夭，再也不想这件事……

可是就在这个时候，整座山冈忽然变得一片昏黑，仿佛太阳失却了光芒，四周围天昏地暗，黑暗中只听钉在十字架上的那个人高声叫道：

——我的主，我的主，你为什么离弃我？

喊声听起来可怕极了。他那样说是什么意思？为什么世界变得如此黑暗？要知道现在正是正午时分呐。太不可思议了。三座十字架隐约可见，看上去阴惨惨的，似乎马上就要发生什么骇人的事情。大兵们纷纷跃起，抓住自己的兵器。无论发生什么事情，他们总是扑向武器。士兵们手执长矛将十字架团团围住，他听见他们慌慌张张地互相嘀咕着什么。他们害怕啦！再也笑不起来啦！看得出来，那些家伙还是畏惧神灵的。

他也非常恐惧。等到阳光重新出现，万物又呈常态时才松了一口气。光明来临得很慢，就像曙光微露一般。日光洒向山丘和周围

---

① 据《圣经》记载实为醋。见《马太福音》第 27 章和《约翰福音》第 19 章。

的橄榄树林，一度沉寂的鸟儿又开始发出啾啾的叫声。一切都如同黎明时分。

亲朋好友们一动不动地伫立在原地。不再有人落泪，也不再有人哀哭。他们只是站着凝视十字架上的那个人，甚至连士兵们也是那样。所有的一切都显得万般宁静。

现在他想去哪儿就可以去哪儿了。一切都已经结束，阳光再次照耀大地，世间复又一如往昔。那个人死去的时候，世界不过就黑暗了一会儿而已。

是的，他现在要走了。当然得走。已经没有什么值得留恋，那个人已经离去。已经不再有什么理由。临走时他看见他们把那人从十字架上取下来。他注意到有两个汉子用干净的细麻布裹住那人。他的身体十分洁白。他们是那么小心翼翼地抱起他，似乎生恐碰伤了他。尽管是那么小心翼翼，还是害怕他会感到疼痛。他们的举动真是奇怪。要知道那人已经被钉死在十字架上了。那是些莫名其妙的人，毫无疑问。那位母亲睁着泪干的双眼，注视着她死去的爱子，黝黑而饱经风霜的面庞似乎已无法表达她的悲伤。她无法接受已经发生的事实，这事实她永远也无法原谅。他比任何人都更理解她。

悲伤的队伍缓缓离开，男人抬着身裹寿衣的死者，女人在后面结伴相随。就在这个时候，一位妇人低声对那位母亲耳语了一句什么——指着巴拉巴。她陡然停住脚步望着他，那目光是如此绝望而充满哀怨，他想他一辈子也难以忘怀。队伍沿通往各各他的大道逶迤而去，然后拐向左边。

他远远地跟在他们后面，免得被人发现。行至不远处的一个果园，他们把死者放进一座由岩石凿出来的墓穴里，一边在墓穴旁祈祷，一边将一块大石头推至入口处，后来就走了。

他挨近墓穴站了一会，但没有祈祷，因为他是个坏蛋，坏蛋的祷告不会被接受，尤其是他犯下的罪还未抵偿呢。更何况他也不认识那个死去的人。尽管是这样，他还是在那儿伫立了一段时间。

随后，他也朝耶路撒冷走去。

第二章

从大卫门①进城后没走多远的路，他就碰到了那个长着兔唇的姑娘，她紧挨着街边的墙壁行走，装出没看见他的样子。可是他发现她其实已经看见他了，而且对再次见到他颇感意外。也许她以为他早就被钉死在十字架上了呢。

他尾随在她身后，一下子便赶上了她，于是两人面面相视。其实大可不必这样。其实他对她并没有什么可说的，可是他还是这样做了，连他自己都为此感到惊讶。而他看得出来，她也是一样。在不得不瞅他一眼时，她显得十分羞怯。

他们并没有诉说藏在心里的话。他仅仅问她到哪儿去，是否从吉甲②那边听到了什么消息。她也只是问一句答一句，如同以往一样含糊其词，因此无法明白她说的是什么意思。她并不准备到哪儿去，当他问起她住在哪里时，她避而不答。他看见她的裙裾已破成布条，并且赤着一双脏兮兮的大脚。两人的谈话无从继续下去，于

---

① 大卫门，圣城耶路撒冷的一座城门。
② 吉甲，位于亚割谷北面。士师时代是以色列人献祭和举行其他重要社团活动的地点。

是只好比肩而行，不再言语。

从一个黑乎乎洞开的大门内，传出一阵吵吵嚷嚷的喧闹声，就在他俩从门口经过的时候，一位胖大女人冲出门来，大声呼唤巴拉巴。她脚步不稳地扬起胖乎乎的胳膊，因为见到他而无比激动和快乐，要他快快进来闲话少说。他犹豫不决，似乎对身边出现了一位陌生的同伴感到有点儿尴尬，但她一把搂住他，推推搡搡地将他们两个人一齐拥进屋内。一进到里面就有两个男人和三个女人向他打招呼，但是直到他的眼睛适应了里面的昏暗，他才看清楚他们的脸。他们连忙为他在桌前腾出座位，斟满美酒，几乎异口同声说起他的获释，说他的运气真他妈的好，居然有另外一个人代替他钉死在十字架上。他们把酒盏斟得满满，往他身上蹭蹭，都想沾沾他的好运气，其中一个女人还把手直伸进他的长袍里，摸摸他的毛茸茸的胸脯，这动作逗得那胖大妇人发出好一阵子咯咯咯的浪笑。

巴拉巴与他们一块儿喝酒，但极少开口。他坐着，棕黑色的眼睛凝视前方。那双眼是那么幽深，仿佛想躲藏进内心深处。他们都觉得他有点儿怪，尽管他以前也常会这样。

那几个女人又为他倒上更多的酒。他继续啜饮，听他们说话，偶尔插上那么一两句。

后来众人问他怎么啦，干吗这个样子。不过那胖女人用胖胳膊绕住他的脖子说，一个人被铐着关在地牢里那么久，而且差点儿就没命了，有点儿古怪也没什么可大惊小怪的嘛；一个人一旦被判处死刑，就算是死了，即使被释放出来，也是死的，因为他已经死过了，只是从死亡中复活过来罢了，这跟我们这些活着的人可不一样啊。

那些人听她这么说都哈哈大笑起来，她顿时火冒三丈，说除了巴拉巴和兔唇姑娘，她要把他们全都撵出门去。其实她对那个兔唇姑娘一无所知，只是觉得看起来虽然有点儿犯傻，但是还算顺眼。那两个男人听她这么一说，几乎笑得人仰马翻，但很快就安静下来，开始悄声与巴拉巴说起话来，说今夜天一黑他们就得赶回山里，说他们此番来这儿是为了拿一头带来的小山羊献祭，但是未被接受，只好把小山羊卖了，另找两只毛色无瑕的雏鸽①做祭品。就这样赚了几个小钱，同这胖妇人好好乐了一乐。他们想知道他什么时候重新落草，告诉了他他们现在的窝在哪里。巴拉巴点点头表示明白，但没有吭声。

　　其中一位妇女开始议论代替巴拉巴被钉死在十字架上的那个男人。她见过他一次，尽管那次他只是从她身旁走过。好些人都说他是个研读经书的人，专事占卜与显示奇迹。那种行当并不害人，干那一行的也大有人在，因此可以肯定，他之所以被处以十字酷刑，其中还大有文章。她唯一记得的是那人很瘦。另一个女人说她未曾见过他，但是听人说他曾预言圣殿②将要倒坍，耶路撒冷将毁于地震，天堂和人间都将为大火吞没。听起来真像是痴人说梦，怪不得他要被钉上十字架呢。可是第三个女人却说，他多半跟穷苦人在一起，曾经对他们许诺说，他们都可以进入天国，甚至连婊子也可

---

① 《旧约》律法对犹太人的献祭做了一系列严格规定，其中规定无论何种献祭，都要选健壮无瑕疵者，被宰杀的牲畜必须全无残疾，若无力献牲口也可用毛色无瑕的雏鸽代替。见《旧约·利未记》第22章。
② 圣殿，古希伯来人崇拜上帝的中心场所，因建于耶路撒冷的摩利亚山上，故又称耶路撒冷圣殿，相传由所罗门王所建，内藏约柜。公元前586年和公元70年圣殿两度被毁。

以。①这番话把众人全都逗得哈哈大笑，他们觉得如果此话当真，那可就太好不过了。

巴拉巴听着，似乎非常留神，但是脸上没有流露出一丝笑容。那胖妇人再次伸出肥胳膊搂住他的脖子时，他吓了一跳。她说她一点儿也不关心另外那个人是谁，反正那人已经死啦。被钉死在十字架上的是那个人，而不是巴拉巴，这才是最最要紧的呢。

那个兔唇姑娘起先缩成一团坐着，一副心不在焉的样子。后来听到他们讲起另外那个人，便紧张起来，动作也有些反常。她站起身，盯着她在街上碰到的那位同伴，苍白憔悴的脸蛋上露出惊恐的神色，用鼻音很重的腔调喊了一声：

——巴拉巴！

这一声本身并没有什么惊人之处，她不过就是叫了叫他的名字罢了。可是大伙儿都惊讶地望着她，不明白她这样喊叫是什么用意。巴拉巴的模样也不太自然，目光像平日避免正视他人时那样躲躲闪闪的。为什么会这样呢，他们都不明白。不过不管怎么说，这倒也没什么关系，不去计较就是了。虽然许多人都说巴拉巴是如何如何好的伙伴，但他是有点儿古怪——谁也猜不透他究竟在想些什么。

她又蜷作一团缩坐在覆盖泥地的草垫上，依旧睁着熠熠闪亮的双眼盯视他。

胖大妇人起身给巴拉巴取来好些吃的，她觉得他一定饿极了；

---

① 《旧约》对妓女极为轻蔑，规定妓女当以石头砸死，妓女的子女不得享有普通人的权利。见《旧约·申命记》第23章。但耶稣曾救助妓女悔改。见《约翰福音》第8章。

那些肮脏的猪猡才不会给犯人东西吃呢。她将面包、盐和一片羊肉干搁在他面前。他只咬了一小口，就马上把剩下的全递给那个兔唇姑娘，好像自己已经吃得心满意足。她一下接住便如饿狼般狼吞虎咽起来，随即奔出屋子，一刹那便没了踪影。

有人斗胆问了一声那姑娘是谁，但自然得不到答复。他就是这样一个人。他总是这样，对自己的事情守口如瓶。

——他显示什么奇迹，那个布道者？他转而问那几个女人，布讲些什么？

她们说他给病人治病，还被魔祛邪；据说他还可以让人起死回生，但不知道是不是当真。这当然不大可能。至于他布讲些什么东西，众说纷纭。其中一个人说听他讲过一则故事，说是有人举办一次大宴，好像是婚宴什么的，可是竟然没有几个客人来，于是不得不跑到街上拉客，见人就拉，结果拉来的全是些乞丐和衣衫褴褛的饿汉，老爷子大发雷霆，又好像是说无所谓①——到底怎么回事她也记不清楚了。巴拉巴自始至终都全神贯注地听着，仿佛她们在讲述着什么非同寻常的事。当一位女人说那人当属那些认为自己是弥赛亚②的人之列时，巴拉巴将着自己大把的红胡子陷入沉思。

——弥赛亚？……不，那人不是弥赛亚。他咕哝了一句。

——对，他当然不可能是，一个男人说。如果真是的话，人家怎么能把他钉死在十字架上呢，那些婊子养的还不早就被打翻在地

---

① 此事见《路加福音》第14章。耶稣用这个故事告诫门徒，施恩于人要不求报答。
② 弥赛亚，犹太人盼望中的复国救主。据传犹太国被巴比伦帝国灭亡后，犹太先知曾预言，上帝在适当的时候将派弥赛亚（救主）前来拯救其子民。此后世世代代的犹太人都将弥赛亚的降临视为复国的象征。

了。她知道弥赛亚是什么人吗？

——当然不是！否则他肯定会跳下十字架，把那帮家伙全给宰了。

——弥赛亚会让自己被钉死在十字架上？谁听说过这种事？

巴拉巴依旧坐着，用一只大手轻捋自己的红胡须，两眼凝视泥地。

——不，他不是弥赛亚……

——来吧，喝一口，巴拉巴，别傻坐在那儿嘀嘀咕咕的。一位同伙说着，捅了他肋骨一下。那家伙竟敢这样确实出人意料，但他真捅了一下。巴拉巴果然端起大瓷杯啜了一口，之后又神思恍惚地将瓷杯放下。几个女人连忙将酒杯复又斟满，再次灌进他的肚里。美酒看来多少产生了一点作用，但他似乎仍旧心神不宁，思绪飘忽。那家伙又用胳膊肘捅了捅他。

——来吧来吧，喝喝酒好好乐乐。出狱跟大伙儿在一起你不高兴？没被吊死在十字架上霉烂发臭你不高兴？这不是件大好事吗，嗯？你难道在这儿不快活，嗯？好好想想，巴拉巴，你已经死里逃生了。你活着，巴拉巴，你活着！

——对，对，那当然，他说，那当然……

就这样在众人的劝说下，他渐渐不再茫然犯傻，而是恢复了常态。大伙儿喝呀说呀，从这件事扯到那件事，他们觉得他不那么古怪了。

可是正聊得兴起，他忽然又问了一个怪怪的问题。他问大家对今天太阳失却光芒天地一阵黑暗怎么看呢。

——黑暗？什么黑暗？他们都莫名其妙地瞪着他。没有天黑过呀？天黑过吗？什么时候？

——六点左右？

——屁……扯他妈的淡！没谁见过那种事。

他满腹狐疑地看看这人，又看看那人，一时陷入困惑当中。所有的人都肯定地对他说，没人见过什么黑暗，整个耶路撒冷都没谁见过。他真以为天黑下来啦？就在正午①的时候？真他妈奇怪！假如他真这么想，那一定是因为他坐牢坐久了，眼睛出了毛病。是了，可能就是这么回事。胖女人说当然就是这么回事啦，当然是他的眼睛还未适应光线，被阳光刺花了一阵子的缘故。这也没什么可大惊小怪的嘛。

他疑惑不解地看了看他们，随后松了一口气，稍稍直了直身子，伸手取过酒杯——仰脖咕嘟咕嘟豪饮了一大口。喝过之后并没有把酒杯放回桌上，而是一杯在手啜饮不停。他的酒杯马上又被斟满，人人都尽情地喝啊，喝啊，他显然开始喝出点杯中佳酿的味道来了。酒端上来时，他如往常一样啜饮，大伙儿看得出来，他的心境已略有改观。他并不很乐意多说话，但也多少跟他们谈了谈牢里的事。是的，他在牢里可吃了不少苦头，因此有点儿头晕眼花也不足为奇。可是他毕竟被放出来了，哈！一旦那些家伙用魔爪逮住了你，想逃掉可不容易啊。运气多好，哈！先是他正待被钉上十字架

---

① 古罗马人将一天分为白天和夜晚，白天又平分为十二个点，一点是白天开始的时间，六点即正午时分。

时恰好碰上了逾越节①，通常遇到这个时候总要释放个把人，随后在那么多人当中，偏偏挑中了他！运气真他妈好啊！他也深有同感。大伙儿推他，揉他，捶他的背，满嘴酒气地拥着他，他暗暗笑了，跟他们一块儿喝啊，喝啊，一杯紧接一杯地喝。几杯下肚，他已略显醉意，整个儿化进了酒里，人也变得活跃起来，因为太热干脆甩掉了长袍，像另外几个人一样舒舒服服地躺卧在地，好不惬意。他甚至伸长胳膊捉住身旁最近的一个女人，将她揽进自己怀中。那女人咯咯直笑，顺势钩住他的颈脖。可那胖妇人一把将他从那个女人手中夺过来，说她的宝贝儿现在又恢复原样啦，说他从牢笼里出来之后又可以有一番作为啦，说他再也不会有什么天黑下来过之类的愚蠢念头啦，不，不，不，不，去，去，去，去……她搂住他，噘嘴在他脸上啄出一串嘟嘟声，用自己胖乎乎的手指摸他的颈项，捋他的红胡须。人人都为他变得更像他自己，更像他往日心境愉快时的样子感到高兴。他们为所欲为，尽情享乐，大口大口地喝酒，喋喋不休地说话，对什么事情都大叫一声好，简直快活极了，满脸通红地伴美酒而卧，伴美人而卧。这些三月未尝过酒未尝过女人的野汉子现在可如愿以偿啦，他们马上就要重回山中老巢，剩下的时间可不多啊……此时此刻他们确实为来到耶路撒冷而感到欢欣鼓舞，为巴拉巴的获释而感到万分庆幸！他们痛饮烈酒，与除胖大女人之外的其余几个女人调情取乐，一个接着一个地轮番把她们抱进角落

---

① 逾越节：从每年春天犹太历1月14日开始，共延续8天。据传摩西率以色列人出埃及时，耶和华令他们在14日黄昏宰杀羔羊，将羊血涂在自家门框上。当夜耶和华击杀埃及各地初生的人和畜，唯独见门框上有羊血的便逾越过去，于是以色列人得救，这一天便成为他们的重要节日。典出《旧约·出埃及记》第12章。

的布帘后面，出来时脸红心跳，气喘吁吁，重又继续喝酒，叫骂声不绝于耳。这些人无论做什么事，图的就是那份痛快，这似乎已经习以为常。

他们就这样狂喝滥饮直到暮色降临。两条汉子拍拍屁股起来说该走了。披上几张山羊皮，又把兵器藏在里面，说声下次见就悄悄溜到了马路上，这时天已大黑。三个女人立刻就钻到布帘后面，酩酊大醉，身心疲惫，一头倒下便呼呼大睡。等到屋里只剩下胖女人和巴拉巴，她说在吃了那么多苦头之后，他也该好好乐一乐了吧，现在不正是两人享受享受的大好时光吗。她觉得一个人在牢里待了那么久，又差点儿被钉死在十字架上，一定非常渴望干这种事。她引他上到屋顶，屋顶上有一间用棕榈叶搭成的小屋，夏天用来避暑，两人躺了下来，她才抚摸了他一会儿，他就勃然而起，陷进她肥嘟嘟的体内而不能自拔。两人就这样忘乎所以地纵情享乐了大半个夜晚。

待两个人双双心满意足，她翻过身子掉头便睡。他睁眼挨着她湿漉漉的肉体，瞪着小屋的屋顶，回想吊在中间十字架上的那个人和发生在刑场上的那些事。后来又想到那阵天黑，纳闷天究竟是不是黑过。难道真如他们所说的，那仅是他的一种幻觉？或者天仅仅在各各他黑过一阵，因此他们在这座城里一无所知？不管怎么说天在那边一定是黑过一阵的，连那些大兵都被吓得半死，还有其余的那些事呢——莫非所有那一切都是他的幻觉？不，不可能是幻觉，也没法造成那种幻觉……

巴拉巴又想到了他，吊在十字架上的那个人。他睁眼躺着，无法入睡，感觉到那女人肉墩墩的身体挤压着他。透过屋顶晾干的棕榈叶，他可以眺望天空——那一定是天空，虽然见不到一粒星，只有一片茫茫黑暗……

此时此刻无论在各各他，还是在世界的其他地方，都是黯淡无光，夜色苍茫。

第三章

　　第二天巴拉巴到城里四处溜达，碰到许多熟人，朋友和对头都有。大多数人见到他似乎都吃了一惊，有一两个人甚至吓了一跳，好像见到的是幽灵。这使他感到很不舒服。难道这些人不知道他已经被释放了？他们什么时候才能明白这件事——被钉死在十字架上的并不是他？

　　阳光灿烂极了，他一时无法适应，简直睁不开双眼。莫非待在牢里时眼睛确实出了点毛病？反正他宁可在阴影中生活。他一路沿街上通往圣殿的柱廊往前走，碰上拱门就坐下休息一会儿眼睛。这样感觉好多啦。

　　已经有几个男人蜷缩一团坐在墙脚下。他们交头接耳在说着什么，一看见他来便露出恨恨的样子，一边斜眼瞟他，一边放低声音继续说话。他断断续续地听清了几个字，但不明白他们在讲什么；不过管他妈讲什么，他反正对他们的诡秘勾当也不感兴趣。其中一个男人与他年龄相仿，也长着一大把红胡子，甚至连头发都是红的，乱糟糟地披散下来，头发和胡须连成一片。那人的眼睛却很蓝，给人以天真好奇的印象，脸盘大而丰满。他身上的每个部分都显得很大。那人绝对是一个干粗活的人，一个手艺匠，凭他那双手还有衣服就能判断出来。那人是谁或者像谁巴拉巴都不在乎，但他是那样一种人，你无法不注意他，尽管他身上并没有什么引人注意的地方。当然，他有一双蓝幽幽的眼睛。

那红发汉子垂头丧气，那伙人个个都这样。他们显然是在谈论某个死去的人，看得出来是这么回事。虽然都是一些彪形大汉，但不时发出唏嘘长叹。如果真是这个原因，如果他们确实在哀悼某个人，为什么不把这份悲伤留给女人，留给那些职业哭丧妇？

忽然巴拉巴听见他们说那个人是在十字架上被钉死的，而且就在昨天。昨天……？

他赶紧竖耳想多听一点，但那些人重又压低嗓门，什么也听不见了。

他们到底在说谁？

人群漫过街道，一时一个字都听不清楚。等到一切又安静下来，他终于明白正如他所想的那样，他们谈论的正是他，正是那个人……

真他妈奇怪……刚才他还在想着那个人呢。他偶然路过通向衙门的拱门时，还想到这件事。在经过那个男人因不胜十字架的重负而倒下的地点时，他再次想起了他。而现在这些人谈起的又是他……好怪啊。他们与他又有何干？干吗老是窃窃私语？唯独那个红发大汉说的话偶尔还可以听见一两句，他那硕大的身躯实在不适合于悄声低语。

他们是不是在谈论——谈论天黑的事？谈论他死去时的那阵黑

暗……

他极其紧张地侧耳倾听，那副急切的样子一定引起了那伙人的注意。他们全都安静下来，好一阵子一声不吭，只是蹲着斜眼瞧他。后来他们又凑近嘀嘀咕咕起什么，他一点都听不见。过了一会儿，那伙人撇下那红发大汉全走了，一共四个。四个人的模样他看着都不顺眼。

剩下巴拉巴和那汉子单独相处。他欲搭讪几句什么，但又不知从何说起。那人噘嘴嘟哝嘟哝的，不时摆摆脑袋。如同普通人一样，他是用这种举动来表示自己的烦躁。巴拉巴终于忍不住问他碰上什么麻烦事啦。他抬起那双圆圆的蓝眼睛，莫名其妙地仰脸瞅他，没有回答。在那样很茫然地瞅了这个陌生人一阵子之后，他问巴拉巴是不是耶路撒冷人。

——不，不是。

——可是很像，口音很像。

巴拉巴回答说他的家乡离这儿不远，就在东面的山区那边。大汉显然放下心来。他不信任耶路撒冷的任何人，丝毫也不信任，在这一点上毫不妥协。他认为耶路撒冷人不是流氓就是无赖。巴拉巴笑笑表示同意。那他自己呢？他自己？哦，他的家可远哩，离这儿远着呢。他那双孩子气的眼睛努力想表达出究竟有多远。他毫不隐讳地告诉巴拉巴，他不想待在耶路撒冷，也不想待在世界的任何地方，只想回到自己的家。可是这并不是说他真的像自己所说的那样，或者像自己所想的那样，可以回到自己的故乡度过一生。巴拉巴觉得奇怪极了。

——为什么不可以呢？他问，谁阻拦你？不是说人人都是自己的主人吗？

——哦，不，大汉若有所思地说，不是那样。

——那你在这儿干什么呢？巴拉巴忍不住又问。

大汉没有马上答话，过了一会儿才含糊其词地说，是因为他的主。

——主？

——对。你没听说过主？

——没有。

——哦，没听说过昨天在各各他山被钉死在十字架上的那个人？

——钉死在十字架上？没有，没有听说过。怎么回事？

——因为天意如此，注定要发生这件事。

——天意？就是说他注定要被钉死在十字架上？

——对，正是这样。经书上是这么说的，另外主自己也曾经预言过。

——他预言过？经书上说过？我对经书不是很熟，不很了解。

——我也一样。可事情就是这样。

巴拉巴对这一切并不怀疑，可是为什么非要把他的主钉死在十字架上呢？那件事有什么意思呢？真让人不好明白。

——对，我也正想这事呢。我不明白他为什么非死不可，而且死得那么惨。可是正如他预言过的，这事肯定要发生，注定要发生。他曾经说过许多许多次，大汉又补了一句，垂下了硕大的脑袋，他要为我们受苦，为我们去死。

巴拉巴瞅他一眼。

——为我们去死？

——对，代替我们。无辜的他代替我们受苦，代替我们去死。你要承认，有罪的是我们，而不是他。

巴拉巴坐下来望着街道，沉默无语。

——现在要明白他说过的话就比较容易了，那人自言自语。

——你跟他很熟吗？巴拉巴问。

——对，很熟，很熟，我跟他很熟。打他刚来到我们当中时起，我就跟他在一起。

——噢，他跟你是一个地方的人？

——从那以后不管他去哪里，我都一直跟随他。

——为什么？

——为什么？问得多好笑啊！可见你不了解他。

——这话怎么讲？

——嗯，你瞧，他有主宰人的力量，不同寻常的力量。他只要对一个人说：跟随我。那个人就不得不跟随他，根本不用多说。这就是他的力量。如果你认识了他，就会有这种体会，你就会不由自主地跟随他。

巴拉巴好一阵沉默，之后又问：

——呃，要是你说的话都当真，那他一定是个不同寻常的人。可是他被钉死在十字架上这个事实，却说明他并没有什么非同寻常的力量啊？

——哦，不，这你就错了。当初我也那样想过——这才是真正可怕的地方呢。我居然有过那种念头！而现在我想我对他的惨死已经有了一些理解，已经想得透彻一些了，而且与一些整天待在家里饱读经书的人交谈过。你瞧，事情就是这样，虽然他是清白无辜的，但他要去受苦，甚至要为我们而下地狱。可是他将回来，显示他的荣耀。他将从死里复活！我们对此都深信不疑。

——从死里复活？别扯淡了！

——不是扯淡。他真会。好多人甚至都说，就在明天早晨，因为明天是第三天。他曾经预言说他将在地狱里停留三天。当然我并没有亲耳听见他这样说，但是据说他确实这样预言过，就在明天太阳初升的时候……

巴拉巴耸耸双肩。

——你不信？

——不信。

——不，不……你怎么能……？你根本就不了解他。我们都信，既然他曾经让那么多人起死回生，为什么他自己就不能从死里复活呢？

——起死回生？他可没有这个本事！

——有的，真有。我亲眼见过。

——真有这么回事？

——当然是真的。真有其事。别忘了他有主宰人的力量。只要他愿意，他什么都能办得到。他完全可以为了他自己动用这种力量，但他从来就不那样做。既然他拥有如此不同寻常的力量，为什么还要让自己被钉死在十字架上呢？……嗯，嗯，我是明白的……

只是一下子讲不清楚，就算你说得对吧。我是个头脑单纯的人，你知道，没法子一下子就讲明白这么多事情，这你应该相信我。

——你不是相信他会再次复活吗？

——是啊，是啊，我当然相信。我绝对相信他们说的都是真话。他们说主将回来，用他的力量与荣耀向我们显示他自己。我可以断定这是真的，因为他们读过的经书可比我多。那将是个神圣的时刻，他们甚至说，人子①亲临他的王国的时候，将开始一个崭新的纪元，一个幸福的纪元。

——人子？

——对，这是他自己对自己的称呼。

——人子……？

——对啊。他就是这么说的，可是有人却认为……不，我说不清楚。

巴拉巴挪了挪，更挨近他一些。

——他们认为什么？

——他们认为……认为他是圣子②。

——圣子？

——是的……当然那不可能是真的，那太吓人了。我倒宁愿他

---

① 人子:《圣经》用语。一般说来，"人子"指的是"人"或"必死的人"。后来特指救世主弥赛亚。这里为耶稣的别称。耶稣自称为人子，其中有两层意思，一是表明自己是人，二是表明自己是末日审判时出现的弥赛亚。见《马可福音》第14章。
② 圣子:上帝的儿子，也为耶稣的别称。源出《圣经》，天使加百列奉上帝的差遣对童贞女马利亚说:"你要怀孕生子，给他取名叫耶稣。他要为大，称为至高者的儿子。"圣子与父一体，为救世人，取肉身而为世人，将受死、复活、升天，将来必再降临，审判活人、死人。见《路加福音》第1章。

回来时还是老样子。

巴拉巴神情异常激动。

——他们怎么能那样说呢？他冲口而出，圣子？圣子被钉死在十字架上！难道你不懂这根本就不可能！

——我说过那不可能是真的。如果你喜欢听的话，我愿意再说一遍。

——居然相信这种鸟事，那些人难道都疯啦？巴拉巴继续说下去，眼眶下方的那道刀疤像往常发火时那样变得暗红。圣子！他当然不是圣子！你以为圣子降临人世啦？你以为圣子到你们那破地方开始布道啦？

——哦……为什么不可以？这完全可能。任何地方都有这种可能。我们老家是不怎么样，但他总要从哪个地方开始吧。

那汉子的神态是如此真诚，巴拉巴几乎要笑了起来。但他实在太激动了，一直揪住自己的羊皮斗篷，不时扯一下拽一下，好像斗篷快从肩上滑落下来了。其实并非如此。

——那他临死时发生的那些奇迹，汉子又说，你想过了吗？

——什么奇迹？

——你不知道他死的时候，天都黑下来啦？

巴拉巴眨巴眨巴眼睛，又用手揉揉。

——还有大地颤抖，各各他山上十字架竖立的地方山崩地裂？

——这绝对不可能！全是你编造出来的！你怎么知道山崩地裂？你在场吗？

大汉一惊。他犹犹豫豫地看了看巴拉巴，之后把目光移到了地上。

——不，不，我什么都不知道，我无法证明这件事，他结结巴巴地说。

他没再说话，只是深深地叹了一口气。

后来他伸出手，搭在巴拉巴的胳膊上，说：

——你知道吗……我的主受难死去的时候，我并没有跟他在一起。那时我溜了，抛下了他，自己溜了。而在那以前，我甚至不愿相信他，那是最最糟糕的了——我竟然不相信他。假如他回来，他怎么可能宽恕我呢？假如他问起我，我又该怎样说，怎样回答？

他用双手蒙住自己那张长满胡须的大脸，不停地晃动身子。

——我怎么能干出这等事，一个人怎么能干出这等事呢……？

等到重又抬起头来时，他睁着那双泪水涟涟的蓝眼睛望着对方。

——你不是问我为什么心烦吗，现在你明白了吧。现在你可知道我是一个什么样的人了吧。我的主更了解我。我是个不幸而可怜的家伙。你想他会宽恕我吗？

巴拉巴回答说他想会的。他对大汉告诉他的那些事并不很感兴趣，但他还是这样说了，一方面是想表示赞同，另一方面则是因为他实在是有点儿喜欢上这个大汉了，这大汉什么坏事也没做过，却像个罪人似的唠唠叨叨责骂自己。其实谁不曾或多或少地背弃过他人呢。

大汉一把捉住他的手，牢牢攥住。

——你真这么想？你真这么想？他哑着嗓门连声问。

这时刚好有一伙人从街上走过。他们先是看见了红发汉子，等到再看清楚他握着手与之说话的那个人是谁时，全都大吃一惊，简直不敢相信自己的眼睛。他们慌忙赶过来，走近这个衣衫破烂的男人，虽然态度还算敬重，但一开口却很凶：

——你不知道那人是谁？

——不知道，大汉老老实实地回答，我不知道，不过他是个心肠挺好的人，我们在一起聊得挺投机的。

——你不知道主就是代替他被钉死在十字架上的？

大汉松开巴拉巴的手，瞧瞧这个，再瞅瞅那个，无法遮掩脸上的惶恐。几个新来的人直喘粗气，毫不掩饰自己的激愤。

巴拉巴站起来掉过背，不让他们看见他的脸。

——滚，你这无赖！他们恶狠狠地喝道。

巴拉巴紧了紧身上的斗篷就自个儿上了路，连头都没回一下。

第四章

兔唇姑娘彻夜难眠。她仰望星空，总觉得马上就要发生什么事情。不行，她可不能睡着。今天晚上她得留点神。

她躺在粪场门①外的一个坑洞里，垫的是捡来的枯枝干草，身旁可以听见病弱者的哀吟和持续不停的辗转声，还有一个麻风病人身上的小铃铛。那人痛苦难熬，不时起身四处乱窜。坑洞里弥漫的垃圾恶臭是如此强烈，简直让人几乎窒息而死，好在她对此已经习以为常，并不怎么在乎。这儿的人全都不怎么在乎。

明天太阳初升的时候……明天太阳初升的时候……

这想法多妙呀！所有的病人都将得到治疗，所有的饿汉都将得到温饱。简直让人不敢相信。这一切将怎样发生呢？很快天堂之门将被打开，天使们翩然降临，抚慰所有的人——至少是所有穷苦的人。有钱人当然会继续在自己的私宅内狂喝滥饮，而穷苦的人们呢，那些时时忍饥挨饿的人呢，将从天使那里得到吃的，就在粪场门这里，桌布将铺满大地，而且都是雪白的细麻桌布，还有丰盛的

---

① 粪场门：耶路撒冷城门之一，因城门外堆积大量城内垃圾、污秽之物而得名。

美味佳肴，都摆在大伙儿面前，人人席地而坐，酒足饭饱。只要想到从今以后世界将不再是老样子，这种情景就不难想象。一切都将有别于往昔。

连她都可能换上新装，谁知道呢。或许是白色的，也可能是蓝色的长裙？因为圣子已经从死里复活，因为新世纪已经来临，所以人世间的一切都将焕然一新。

她就这样躺着，想着，想着这一切将如何发生。

明天……明天太阳初升的时候……她为自己得知这个消息感到无比庆幸。

麻风病人的小铃铛在附近丁零作响，她听得出来。他时常在夜间跑到这儿来，尽管不许这样做。他们都被圈在坑洞尽头自己的地盘内，可是一到晚上，那人就会四处乱窜。他似乎是在寻找人情温暖，因为有一次他曾说过这样的话。她看见星光之下，那人在熟睡的人堆当中择路而行，来回游荡。

阴曹地府……那里究竟是什么模样呢？人们说此时他正在阴曹地府里漫步……那又会是什么样的景象呢？不，她想象不出……

那个瞎老头在梦中发出呻吟，更远处一个垂死的年轻人不停地大口喘气，喘息声时时可闻。她身旁躺着一位加利利①妇人，那妇人身上有鬼魂附着，胳膊不时抽动一下。躺倒在她四周的人当中，有些人期望温泉的泥能治愈自己的病，有些人则完全靠捡吃垃圾堆里的残羹剩饭为生。可是明天一到就大不一样啦，再也不会有谁在

① 加利利：地名。耶稣度过童年的地方，后来又常在此布道。其十二个门徒也多为加利利人。

恶臭中东翻西找。他们一个个在睡梦中蜷缩一团，而她已不再为此感到心酸。

也许哪位天使吹一口仙气，泉水就会变得纯净？他们一旦涉足水中，所有的病痛都将荡然无存？甚至连麻风病人也有获拯救的可能？可是麻风病人会被允许踏入温泉吗？真可以那样吗？谁都不能肯定事情将如何发生……不，谁都不能肯定……

也许那眼温泉倒也不会发生什么事情，根本就没人注意它。也许众天使会掠过欣嫩子谷①，飞临广阔的大地，用他们的翅翼，将一切疾病、悲伤和不幸，全都横扫干净！

她就那样躺着，心想事情或许就会那样发生。

后来她又回想起那次她见到圣子的情景，回想起他待她是那样慈爱。从来没有谁待她那样慈爱过。她本应该求他治好她的畸形的嘴，但她不想开那个口。对他来说那是轻而易举的事情，但她不想开那个口。他帮助那些真正需要帮助的人，那才是了不起的善举。她不愿意因为这一丁点儿小事给他增添麻烦。

可是他对她说的那句话却好怪呀，非常非常怪。她跪在路旁的泥巴里，这时他转过身朝她走来。

——你也希望我显示奇迹吗？他问。

——不，主，我不，我只想在你走过时看看你。

这时候他温柔而又悲哀地望了她一眼，抚了抚她的脸蛋，又摸

①　欣嫩子谷：位于耶路撒冷城南瓦片门外，常年堆积城里的秽物、尸体，以火焚烧。被形容为污秽、痛苦与死亡之地，成为地狱的代名词。犹太人称欣嫩子谷为地狱之门。

了摸她的兔唇，但是并没有任何事情发生。然后，他说：

——你将为我做见证。

好怪呀！他这是什么意思呢？为我做见证？她？真难以想象。她怎么可能？

他与其他人迥然不同，毫不费劲就能明白她说的话。他很快就能听懂。这也没什么可奇怪的，因为他是圣子。

她就这样躺着，让纷纷攘攘的景象掠过眼前：跟她说话时他眼里的神色，摸她嘴唇时他手上的气味……群星在她睁大的眼睛里闪烁，她暗想真怪啊，她越是朝星空凝望，星星就出现得越多。自从她别家出走，流落街头，她已经见过了那么多颗星……可是星星究竟是个什么东西呢？她并不知道。当然，它们由上帝创造，但是它们是什么她并不知道。……大漠之中群星缀满星空……群山之上，吉甲的群山之上……但不是那天晚上，不，不是那天晚上……

她又回想起两棵雪松之间的那间屋子……她被人咒骂着走下山冈，母亲站在门口望着她的背影……哦，是的，他们当然不得不把她撵出家门，她不得不像畜生一样在猪圈里偷生……她记得那年春天原野是那么绿意盎然，一片生机，而母亲站在昏暗的门洞里注视她的背影，免得被那个口出恶语的男人看见……

现在可没事了，一切都无所谓啦。

瞎老头坐起来听着，他被那个麻风病人的小铃铛吵醒了。

——滚你妈的！他在黑暗中朝对方晃动拳头。快滚！跑到这儿来干什么？

小铃铛的丁零声消失于暗夜中，老头重又躺倒下来，骂骂咧咧的，用手遮住自己空洞的双眼。

死去的孩子也在阴曹地府吗？当然，可是肯定不包括胎死腹中的那些？肯定不可能，对不对？它们受不了那里的折磨。肯定不会那样，对不对？她对这些并没有把握……对任何事情都没有把握……——你的孩子不得好死……

可是在这个新世纪即将来临之际，或许所有的恶咒都将失灵？或许会……但谁都没有把握……

你的……孩子……不得好死……

她打了一个寒战，好像是太冷的缘故。她多么渴望黎明啊！黎明是否即将来临？她已经在这儿躺了那么久，黑夜是不是已快到尽头？对的，头顶的群星将不再形同往昔，弯弯的月儿也早已沉落山峦背后。卫兵已换过最后一班岗，她已看见城墙上第三次亮起了火炬。是啦，黑夜即将过去，最后一个黑夜……

这时晨星①跃上橄榄山②山巅。她马上就认出了它。它是那么大，那么清晰，比其他的星都要大好多好多呢。她从未见过它那样熠熠闪亮，满目生辉。她把双手交叉叠在干瘪的胸前，睁着燃烧的双眼久久仰望它。

后来她一跃而起，一头撞进漫漫黑夜。

他蹲缩在道路另一侧的一丛河柳背后，正对着那座坟茔。黎明

---

① 晨星：启明星。《圣经》常以晨星比喻光明永生之日即将来临。耶稣也自称为"明亮的晨星"。见《新约·启示录》第22章。此处暗喻耶稣复活升天。
② 橄榄山：位于耶路撒冷旧城东面，耶稣最后一次骑驴进入耶路撒冷，即由此地出发。后来橄榄山成为犹太教和基督教圣山。

来临的时候他就可以望见它。从这个位置可以很清楚地望见它。只要太阳一出来!

说老实话,他明白那个死去的男人并不可能从死里复活,但他想亲眼验证这一点。这就是他早早起来,赶在太阳升起之前就躲在这丛河柳后面等候的原因。他居然会到这儿来,连他自己都对这种举动感到吃惊。他干吗要这样跟自己过不去呢,这事又与他有什么相干?

他原来以为会有很多人来这里目睹这个了不起的奇迹,所以就躲藏起来,免得被他人发觉。可是显然一个人都没有。真怪。

哦,不对,他看见在他前面不太远的地方,有个人跪着,好像就在道路中央。那会是谁呢,怎么会有这种事?他并没有听见任何声响啊。像是一个女人。那个灰灰的影子跪在泥土上,模模糊糊的看不清楚,与泥土浑然一色。

天空开始现出曙色,太阳的第一缕光芒洒在了坟茔所在的那块岩石上。这一切都发生得那么快,他一下子都没来得及反应过来——结果他真正需要看清楚的时刻竟然错过了!墓洞里空空如也!那块大石头被推落地上,岩石上凿出来的那个洞穴里什么也没有!

他一时不明白是怎么回事,只是愣愣地望着那个空洞。他曾亲眼看见他们把那个被钉死在十字架上的人放进洞内,又亲眼看见他们把那块大石头滚至洞门。随后他才意识到发生了什么事情。实际上并没有发生什么事情。在他到来之前,那块大石头就已被移开,而且墓穴内已经空空荡荡。是谁把那大石头移开的呢,又是谁偷走了那个死去的男人？其实并不难猜到。这当然是那些门徒趁夜干的好事。在夜幕的掩护下，他们抬走了他们膜拜而挚爱的主，这样稍后就可以对人说，他已如他所预言过的那样从死里复活。①想明白这一点并不是很难的事情。

这就是为何今天早晨太阳初升的时候，在神迹本该发生的时候，却不见他们的踪影。此刻他们正躲得好好的呢！

巴拉巴爬出自己的藏身之处，走过去想把那墓洞瞅个究竟。从道路中央那个跪着的灰色影子旁边经过时，他瞧了那影子一眼，惊奇地发现原来是那个兔唇姑娘。他陡然停住脚步俯视她。她那张饿成铅灰色的脸转向空空的墓洞，那双眼睛因为什么也没看见而惊喜莫名。她的双唇微启，却不见呼吸，上唇那道有损相貌的疤痕变得惨白。她并没有发现他。

看见她这个样子，他有一种怪怪的感觉，甚至感到羞愧。这使他回想起了某些事情，某些他不愿意回想的事情——那时她的脸上就呈现过同样的神色。他那时就为她的那种神色感到过羞愧……他摇摇头想把那些事情忘掉。

后来她终于发现了他。她对这次相逢，对他居然会在这儿出现也感到无比惊奇。这并不奇怪：连他自己都对会上这儿来大感诧异呢。这究竟与他有什么关系？

巴拉巴想装作纯粹是从路上经过，装作纯属偶然，装作他并不知道这是什么地方，并不知道这里有一座坟冢。他能装出来吗？也

---

① 犹太人当中有此传说，认为众门徒趁夜抬走了耶稣的遗体。据说此种说法为犹太公会的大祭司所捏造。见《马太福音》第28章。

许可以勉强做到。但她不会相信他的。不过他还是问了一句：

——跪在这里干啥？

兔唇姑娘没有抬头，甚至连动都没动一下，仍旧像先前那样跪着，眼睛直盯着岩石上的那个墓洞。他隐约听见她悄声自语：

——圣子复活了……

听她这么说，他感到很不舒服。他感觉到了某种与自己的愿望不相符的东西——但究竟是什么他一时还说不清道不明。他就那么站着，不知该说什么或者做什么好。他记起了该做的事，就走到墓洞前，证实里面确实空无一物。他已经料到如此，倒也不觉得意外。他又回到她跪着的地方。看着她脸上那虔诚而专注的神情，他为她感到难过，因为让她觉得惊喜的事情其实并不真实。他本可以跟她讲讲这次复活的真相，可是他对她的伤害难道还不够吗？他不能告诉她真相。

他小心翼翼地问她对已经发生的这件事怎么想，对被钉死在十字架上的那个人从坟墓中复活怎么想。

她很惊讶地抬起头望了望他。难道他不知道？于是她拖着鼻音很重的声音，出神入迷地细细描述说，一个身披火焰斗篷的天使如何伸直如矛的手臂自天宫呼啸而下，矛尖又如何直插石块与岩石之间，将大石块撬离。尽管这是一个神迹，可是说起来却简单极了，而且事情也的确如此。就是这么回事，难道他没看见？

巴拉巴低头看着她说，他没看见，而在内心深处他却为自己没看见而暗自庆幸。这说明他的眼睛已完全恢复正常，跟别人的眼睛一模一样，从今以后他所看见的将不再是幻觉，而只能是真实。那个人已不再拥有支配他的力量。他什么也没看见，没有复活，也没有任何其他。可是兔唇姑娘依旧跪着，双眼因为沉浸在适才的回忆当中而闪烁出喜悦的光芒。

等她终于站起来之后，两人便一同朝城里的方向走去。一路上相对无言，但他看得出来，自那次分手之后，她已经皈依那个她称为圣子而他叫作死人的男人。可是当他问她那人让她明白了什么时，她却吞吞吐吐不知如何回答，偏过头躲开他的目光。后来走到分手的地方——她显然准备走通往欣嫩子谷的那条路，而他则想从大卫门进城——他再次问她，那人传播的而且为她所信奉的教义到底是什么，尽管这与他自己并不相干。她站定看看地面，又十分羞涩地看看他，然后口齿含混地咕哝了一句：

——彼此相爱。①

后来两人就分了手。

巴拉巴久久伫立，目送她远去。

---

① 耶稣在离世前给门徒和世人留下的诫命是："你们要彼此相爱，就像我爱你们一样。"因此"彼此相爱"成为基督教教义的精髓。

第五章

巴拉巴再三扪心自问，既然在耶路撒冷已无所事事，干吗还待着不走呢。他整天只是茫茫然在城里四处闲逛，什么事也懒得干。他心想山里的那帮同伙一定纳闷他怎么这么久还不回去，还赖在这里干什么。他自己也不知道这是为什么。

胖大女人起先还以为这一切都是因为她，但她很快就明白不是这么回事。她很生气，可是老天在上，男人一旦如愿以偿，哪个又不是这号忘恩负义的东西呢。不过她还是同他睡觉，她喜欢这样。能有一位实实在在的男人在身旁做伴，真是妙不可言，何况还是位风月老手哩。巴拉巴还有一点好处，那就是他并不太在乎你。从来就不。从某种程度上说她倒喜欢他对她的这种满不在乎，至少在与他交欢时是这样。当然有时候她也感到有点儿凄凉，暗自伤心落泪，但总的来说她也不是很在乎，甚至还感到有些快活呢。她久经情场，精于此道，并不十分拘泥于形式。

不过他在耶路撒冷闲逛的原因却远比她所想的要复杂。他每天的所作所为也超出了她的想象。他可不是那号整日游手好闲的街头无赖，他是一个男人，一个习惯于动荡冒险生活的男人。这种无所作为的懒散生活显然与他的本性不符。

是啊，自从那事发生之后——自从他差点儿被钉死在十字架上之后，他已跟从前判若两人。他可能受不了这样一个事实，即他并没有被钉死。她双手摊在自己胖乎乎的肚皮上，一边仰面八叉地躺着，一边哈哈大笑自我安慰，这时正是一天当中最闷热的时候。

巴拉巴有时候免不了会遇到那个被钉死在十字架上的拉比的追随者。谁也不能说他这是有意为之。他们三五成群聚在街边和集市上，他只要跟他们相遇，就会停下来搭讪几句，与他们说说那个人，说说那让他感到纳闷的奇怪教义。彼此相爱？……他避开圣殿广场和周围的繁华闹市，独行于城南的穷街陋巷，这里手艺人在自己的店铺内埋头做活，小商贩吆喝叫卖手上的玩意儿，然而就在这些普普通通的百姓当中，生活着众多的信教者，与在柱廊碰上的那伙人相比，巴拉巴更喜欢这些人。他可以把握住他们某些奇怪的念头，但并不能与他们成为朋友，或者说不能透彻地理解他们。当然这也许是因为他们拙于言辞，不善表述。这些人坚信他们的主已经从死里复活，他很快就会亲率众多天兵创建自己的王国。他们都这样说，显然已经接受了某种教义。不过并非所有的人都相信那人是圣子，有的人认为如果他真是圣子那就怪了，因为他们见过他，听过他说话，甚至与他说过话。有个人还为他量脚做过一双鞋呐。不，那简直太让人不能相信了。但也有那么一些人宣称他是圣子，说他将端坐于天堂，就在父亲的身旁。但是首先得毁掉这个罪恶深重的世界。

他们都是些什么样的怪人呢？

他们注意到他与众不同，连一秒钟的信仰都没有，于是对他深怀戒心。有人直截了当地表示不信任他，讨厌他。巴拉巴本来对这一切早就司空见惯，可是不知道为什么，这次他却耿耿于怀，闷闷不乐——这在以前是从未有过的事。别人总是与他保持距离，不愿与他有任何往来。这大概是因为他的长相吧，可能是因为深深嵌入络腮胡里的那道刀疤，谁也不知道这道疤痕的由来；也可能是因为那双深不可测的眼睛，谁也无法真正看清楚里面究竟蕴藏着什么。巴拉巴对这一切都心里有数，可是别人怎么看关他屁事！他从来就不在乎别人怎么看。

然而现在他却感到心被刺痛了。

这些人因为相同的信仰聚集在一起，对那些与他们格格不入的人防范甚严。他们享受着兄弟情谊和爱餐①，看他们掰吃面包的那种模样，就好像是一家人一样。也许这就是他们那种教义的精髓，即所谓"彼此相爱"吧。可是他们是否会爱他们以外的其他人呢，这就很难说了。

巴拉巴并没有加入那种爱餐的奢望，一丁点儿都没有。他厌恶这类事情，厌恶以这种方式将自己与他人捆绑在一块。他只想成为他自己，而不想成为别的什么。

但他还是想寻找他们。

为了弄明白那些人的信仰，他甚至假装想成为他们当中的一员。那些人回答说那太好啦，他们很乐意向他解释主的教义，尽力

---

① 爱餐：早期基督教徒为表示友爱而举办的吃喝聚会。据说最初是为了纪念耶稣那顿最后的晚餐，后来逐渐演变成教徒间的聚会。

而为吧。可是看得出来，实际上他们并不乐意。真是奇怪到了极点。对他的加入，对多得到一位新的志同道合者，他们一点也不感到快活，而通常这类事情总是让他们兴高采烈，欢欣鼓舞。到底是怎么回事？巴拉巴心中有数。他一跃而起，大步而去，眼眶下的那道刀疤涨得分外通红。

信仰！他怎么能信奉自己目睹被吊死在一座十字架上的那个人？那具尸体好久好久以前就已经凉透啦，而且他看得清清楚楚，根本就没有复活！这只是那些人的想象而已。一切的一切都只是他们的想象。没有任何人从死里复活，无论是他们挚爱的"主"还是别的什么人！因此，他，巴拉巴，用不着为他们的挑选感到羞辱。那是他们的事。他们可以挑选这个挑选那个，不过就是那么回事罢了。圣子！好像他真是圣子！想想看，如果他真是，既然他不愿意又为何被钉死在十字架上呢。那他肯定是愿意的喽！听起来真让人觉得毛骨悚然——他肯定愿意受难。因为假如他真是圣子的话，要想摆脱这种厄运简直易如反掌。可见他并不想摆脱。他宁可受难并以那种可怕的方式去死，也不愿被宽恕。于是他也就没被宽恕。他以自己的方式舍弃了假释，而把自由给了他，巴拉巴。他一声令下：

——放了巴拉巴，钉死我吧。

他不是圣子，这一点显而易见，可是……

他以最非凡的方式运用了他的力量，即以不用而用之，仿佛并没有运用；让他人按自己的喜恶自行其是；自己不加干涉，而结果正合自己的心意：代替巴拉巴被钉死于十字架上。

他们说他是为他们而死，那倒也有可能。可是实际上他是为巴拉巴而死，这一点又有谁能否认？事实上他比他们更接近于他，比任何人都更接近于他。他和他已经以另一种方式结合在一起了，尽管他的门徒们并不愿意跟他有任何牵连。可以这么说，他被选中了，选出来逃避苦难，选出来被宽恕。他是真正被选出来的那一个，选出来代替圣子被宣判无罪的那一个——顺从那人的意志，因为那人希望如此。可是又有谁想到了这一点？

他倒并不在乎他们的什么"兄弟情谊"和"爱餐"，还有什么"彼此相爱"。他就是他自己。即使他已经与那个他们称之为圣子的被钉死在十字架上的男人有什么关系，他也一如往昔依然是他自己。他可不像他们那样屈从于他，不像他们那样整天唉声叹气，苦苦祈求。

一个人怎么能毫无理由地甘愿去受苦呢？那种事已经超出了信仰，一想起来就让人作呕。他一想到这件事，眼前就会出现那具皮包骨头的可怜尸体，胳膊细得吊起来就会折断似的，嘴唇焦干枯裂，只能吐出一个"水"字。不，他不喜欢任何以这种方式寻求苦难的人，不喜欢任何人将自己吊在一座十字架上。他对那人厌恶到了极点！可是那些人崇拜死于十字架上的他，崇拜他的苦难，崇拜他的可怜的死，对于他的死，他们似乎永远都可怜不够。他们崇拜死亡本身。这太可怕了，让他深感厌恶，让他对他们，对他们的教义以及他们声称信奉的那个人都深感厌恶。

不，他可不喜欢死亡，一点儿都不喜欢。他讨厌它，真心希望自己不死。也许这就是他没死的原因？他为什么被挑出来获得宽恕呢？也可能死于十字架上的那个人确实是圣子，为什么呢，因为那人无所不知，知道他，巴拉巴，不愿意死，不愿意受苦也不愿意死。于是他就替代了他，于是巴拉巴不得不尾随他走到各各他，目睹他被钉死于十字架。他需要做的就是这么一点点，但是即便是这样，他都非常不情愿，因为他厌恶死，厌恶跟死有关的任何事。

是的，他就是圣子为之献身的那个人！正是为了他，而不是为了别的任何人，那人才说出了这样一句话：

——放了那人，钉死我吧！

这就是巴拉巴在试图打入他们当中未果之后，一边大步走出陶匠胡同①的陶瓷作坊，一边想到的事情。在那间作坊里，那些人明显表现出对他深怀敌意。

他决心远走高飞，不再理睬那些人。

可是到了第二天，他又忍不住去与那些人套近乎。他们问他究竟对他们的信仰有哪点不明白的，同时为先前没有热情洋溢地欢迎他深感内疚，并表示歉意，而且非常乐意告诉他他渴望明白的种种道理。那么他想问些什么呢？他有什么不明白的？

巴拉巴本想耸耸双肩表示所有的一切对他都是个谜，他其实对所有的一切都不在乎。可是一开口他还是说，比如像复活这种事吧，他就不大明白。他说他不相信有谁自死里复活过。

他们从制陶转盘上抬起头，先是望望他，然后你望我我望你。嘀嘀咕咕了一阵之后，当中最年长的问他是否愿意见见某个被主从死里救活过来的人呢，如果愿意的话，他们可以安排此事，不过要

---

① 陶匠胡同：耶路撒冷城内一条手工业作坊和手艺人都较为集中的胡同。

等到晚上放工后才能见到，因为那人住在耶路撒冷城外，还有好一段路要走。

巴拉巴大为惊慌。他根本没有料到会这样。他原以为他们会争执起来，各自陈述自己的观点，而不会以这种咄咄逼人的方式来验证那个论题。的确，他已经意识到那件事从头到尾都是一种怪诞的想象，是一场虚妄的骗局，事实上那个人并没有死。但他毕竟还是有点儿怕。他一点都不想去见那个人，可是又不好这样说。相反他还必须装出一副十分感谢的样子，感谢他们给予他这样一个机会见识他们的主的伟力。

他紧张不安地在附近的街区胡乱逛荡以消磨时间，临近作坊关门的时候才重又返回。这时一个小伙子领他出几道城门来到城外，然后直奔橄榄山而去。

他们要找的那个人住在山坡下一个小村寨外边。年轻制陶工掀起门上的草帘，看见那人端坐在里面，双手支在面前的桌子上，正出神入迷地望着屋内。听到年轻人用清脆的声音招呼他，他才注意到他们的到来。他缓缓朝门口掉过头，用一种怪怪的低沉嗓音答应了一声。年轻人转达了陶匠胡同众弟兄对他的问候，并转告了他们的口信。于是那人手轻轻一点请他们在桌子旁落座。

巴拉巴坐在那人正对面，正好可以细细打量他的脸。那脸灰暗灰暗的，瘦削而阴沉，皮肤皱巴巴的紧缩起来。巴拉巴从未想到一张脸会变成那般模样，从未见过那么苍凉的景象，简直就如同一片荒漠。

对年轻人提出的问题，那人这样回答说，他确实死过，后来被他们的主，就是那个从加利利来的拉比救活过来了。他在坟墓里躺了四天四夜，可是心智和体力据旁人观察仍旧一如往常。主用这种方式表明了他的力量和荣耀，也因此证明他是圣子。他缓缓叙说，语调平静，自始至终用那双冷漠而黯淡的眼睛瞧着巴拉巴。

等他讲完，他们又聊了一会儿主和主的善举。巴拉巴始终一言未发。后来年轻人站起来走了，说是去看看同住在这个村寨里的双亲大人。

巴拉巴无意留下来与那人单独相处，但一时又想不出离开的理由。那人用那双毫无光泽的怪眼睛定定地瞧着他，眼神里看不出什么，看不出对巴拉巴有什么好感。可是不知为什么，巴拉巴却感到那眼神中有某种力量。他恨不得溜走，拔腿就溜，可是办不到。

那人就那么坐着，好长一段时间一声不吭。后来他问巴拉巴，是否信奉他们的拉比，那位圣子。巴拉巴略为踌躇，但还是回答说不。因为他感到对那双冷漠的眼睛撒谎实在大可不必，那双眼睛似乎根本就不在乎别人说的是真话还是谎言。

那人并不见怪，只是点点头说：

——是的，许多人，都不信。连他妈妈，昨天还来过这里，也不信。但是，他使我从死里复活了，因此，我要做他的见证。

巴拉巴说，既然是这样，那他信奉他自然是理所当然的事了，对那人所创造的神迹，他自然永远都会心怀感激。

那人说，是的，正是这样，为了自己得以再生，为了自己不再身陷阴曹地府，他日日感激他。

——阴曹地府？巴拉巴惊问，发觉自己的嗓音有点儿发抖。阴曹地府？……是什么景象？你去过那儿！快跟我讲讲是什么景象！

——什么景象？那人问，疑惑不解地看着他，显然不大明白对方说的话。

——对啊！就是什么样子，你遇到了什么啊？

——我，什么也没遇到，那人答道，似乎对对方的主观颇不以为然。我不过就是死了罢了，死了就什么都没了。

——没了？

——对。还会有什么呢？

巴拉巴瞅着他。

——你是说，要我跟你讲讲阴曹地府里的事？我没这个本事。阴曹地府什么也不是。它确实存在，但什么也不是。

巴拉巴只能瞅着他。那张苍凉的脸让他害怕，可他又没法子不瞅着它。

——什么也不是，那人说，苍茫的目光移向巴拉巴身后，阴曹地府什么也不是，对凡是去过那里的人来说，所有的一切都什么也不是。

——你问这事真怪，那人继续说，你为什么要问？别人通常都不问。

那人对他说，耶路撒冷的弟兄们经常送一些人来这里，让他们信教，许多人如愿以偿。他就用这种方式侍奉他的主，报答主让他复活的巨大恩泽。几乎每天都有一些人由那小伙子或别的人领来这里，让他做复活的见证。可是关于阴曹地府他还从来没有谈起过，向他打听这种事情的，这可算是头一遭。

屋子里愈来愈昏暗，那人起身，点亮悬吊在低矮的天花板上的一盏油灯，随后拿出面包和盐，搁在两人之间的桌子上。他掰开面包，递一半给巴拉巴，将自己的蘸了少许盐，然后请巴拉巴如法行事。巴拉巴照样做了，手抖得很厉害。在微弱的灯光照射下，两人相对而坐，默默进食。

那人并不在乎与他共进"爱餐"！他不像陶匠胡同的弟兄们那么挑剔，对人与人之间的关系也没有那么多等级观念。可是当巴拉巴接过他那干枯发黄的手指递过来的碎面包，并且不得不吞食下去时，他感到充满自己嘴里的是死尸的味道。

但不管怎么说，他这样跟他一道进食总有一点什么意思吧？这顿奇怪的晚餐隐含着什么意义呢？①

吃完之后，那人陪他走至门口，然后祝愿他一路好走。巴拉巴咕哝了一句什么便赶紧逃之夭夭。他疾步奔进暗夜，又窜下山坡，脑袋里一团乱麻，百结扭缠。

胖大妇人对他占有她时的那份粗野惊喜交加。这天晚上他干那事时显得有滋有味，兴致勃发。为什么会这样呢，她并不知道，但今儿晚上他似乎真想抱住一样什么东西不放。假如有谁能给他那东西，那当然就是她啦。她躺着，梦见自己又回到了如花的年代，又有人为她献上了如梦的爱……

---

① 据《马太福音》第 26 章记载，在最后的晚餐上，"耶稣拿起饼来，就掰开，递给门徒，说：'你们拿着吃，这是我的身体。'又拿起杯来，说：'你们都喝这个，因为这是我立约的血，为多人流出来，使罪得赦。'"因此掰吃面包和斟酒都象征耶稣被钉死于十字架上。

次日，他避开贫民区和陶匠胡同，但还是在所罗门柱廊①碰到了那间作坊的一名伙计。那伙计忙问他昨天的情形如何，他们说的话是否属实。他回答说他并不怀疑他造访的那个人确实死过，而后又被复活，他只是觉得他们的主无权那样做。听到他这样亵渎他们的主，那陶匠惊恐万状，脸孔都变成了灰色。巴拉巴转身而去，没再搭理那个人。

这事一定不仅仅传遍了陶匠胡同，而且也传到了榨油匠胡同、皮匠胡同、纺织工胡同以及所有其他的胡同，因为事后当巴拉巴一如往常又出现在那儿时，他发现那些跟他搭过话的信徒已经与从前判若两人。他们一个个阴沉着脸，满腹狐疑地瞟着他的一举一动。那些人对他本来就不算友善，现在则干脆流露出怀疑。一个他并不认识的干瘪瘦老头甚至将他一把揪住，质问他为何老来这儿胡搅蛮缠？到底有什么企图？是谁派他到这儿来的？是圣殿卫队？大祭司②卫队？还是撒都该人③？巴拉巴默默无语，只是停下来瞧着那小老头，老头光秃秃的脑门因为气愤而涨得通红。他从未见过他，对他一无所知，只是看得出来他显然是个染布匠，因为他的耳朵孔沾着一些红红绿绿的羊毛屑。

巴拉巴意识到自己得罪了他们，因此他们对他的态度已大为改变。无论走到哪里，他碰到的都是冷眼睛和冷面孔，有人甚至恶狠

---

① 所罗门柱廊：耶路撒冷圣殿内的一道长廊，用两列柱子支撑，故又称柱廊。
② 大祭司：犹太教教职，又称祭司长，为圣殿最高宗教首领。公元70年罗马人摧毁耶路撒冷和圣殿后，大祭司之职被废除。
③ 撒都该人：后期犹太教教派，其成员以大祭司等贵族为主，不信弥赛亚、灵魂不朽和死人复活，曾与耶稣就复活问题展开论战。后来参与审讯并处死耶稣。

狠地死盯住他看，似乎想让他明白，他们准备查明他的底细。巴拉巴对此装作满不在乎。

后来有一天终于真相大白。消息像野火一般迅速传遍信徒们聚居的大街小巷，一时间家喻户晓，无人不知。是他！就是他！就是他顶替主而被释放！就是他顶替救世主、顶替圣子而被释放！他就是巴拉巴！他就是那个被放出来的巴拉巴！

敌意的目光尾随着他，阴郁的眼睛里闪烁着仇恨。这是这样一种仇恨，哪怕他已经消失于他们的视线，哪怕他再也不在那个地方出现，它都不会消失的。

——他就是那个被放出来的巴拉巴！他就是那个被放出来的巴拉巴！

第六章

巴拉巴变得耻于见人，跟谁都不答话，整日闭门不出，只是躲在那胖妇人的罗帐后面，客人多时就猫进房顶那间小凉亭。一天一天过去，他就这样打发光阴，什么事都懒得去做。他根本就不在乎吃什么，要不是食物端到面前被他看见，吃不吃都无所谓。他仿佛对人世间的一切都感到索然无味。

胖大妇人不大明白巴拉巴为什么会这样。她不明白，也不敢问。最好由他安安静静地待着，何况他似乎也挺乐意那样。谁跟他说话，他都爱理不理，即使有谁试探着朝罗帐里窥望，他也毫不在乎，只是望着天花板发愣。不，她没法明白。难道他的脑子出毛病啦？失去了理智？她说不清楚。

后来有一次她无意中发现了缘由。原来他曾与一伙疯子过从甚密，那些家伙都信奉被钉死在十字架上的那个人，而本来被钉死在十字架上的应该是他巴拉巴。她这才恍然大悟！难怪他变得这么不近情理呢。原来是这么回事。原来是那些人向他灌输了那么多胡思乱想。跟那些疯疯癫癫的人泡在一起，不变怪才怪呢。他们认为那个被钉死于十字架上的人是救世主之类的人物，可以向那人提出请求而且有求必应。他不是要成为耶路撒冷的王吗，而且还要撵走那些嘴上无毛的鬼？唉，她并不是很明白他们那套玩意儿，也并不在乎是否能明白，他们都是些疯子，谁看不出来呢。天呐，他怎么能跟那号人泡在一起？他跟那号人在一起能干什么？是啦，她总算明白啦！本来他自己要被钉死在十字架上，但是他没被钉死，他们的救世主替代了他，这太残酷了。他当然想解释那件事如何如何，说那并不是他的过错，等等，等等，于是那些人就没完没了地告诉他，说他们信奉的那个人是多么多么了不起，多么清白，多么无辜，而且还可以说，多么不同凡响，而用那种方式对待那样一位了不起的王和主又是多么残酷。他们就这样反反复复地向他灌输这些屁话，直到他发呆发傻，因为他没有死呀，因为死去的确实不是他呀。是这么回事，没错，准是这么回事，没错儿！

她早就应当明白那是因为他没被钉死在十字架上！真是个傻瓜！她真应该大笑才是，笑她那傻里傻气的老巴拉巴。他太可笑了，简直无法形容。原来是这么回事呀，真是的。

但即使是这么回事，他也该恢复理智振作起来了。她想跟他好好说说话，真想。跟他说说所有那些无稽之谈究竟是怎么回事。

可是她又没有那样做。她想那样做，然而没能做到。由于种种原因，谁都不跟巴拉巴说话。也许有谁想说，但都开不了那个口。

于是事情仍旧一如往常，她仍旧整天忧心忡忡，为他担惊受怕。他病啦？或许他真病了？他变得那么憔悴，以利雅胡①给他那

---

① 以利雅胡：巴拉巴的生父。后因与巴拉巴发生争执，被巴拉巴扔下悬崖摔死。

一刀留下的疤痕，成了他那张灰白凹陷的脸上唯一有血色的地方。他那模样惨兮兮的，以前的他一点影儿都没了，以前的他半点影儿都没了。以前的他才不会这样闲着发傻呢，更不会整天呆头呆脑地盯着天花板看。巴拉巴！好你个巴拉巴呀！

假使这并不是他呢？假使他已经成了另外一个人，已经被另外一个人所占有，已经被另外一个人的阴魂所占有？假使他已经不再是原来的那个他？事情倒还好像真是这样呐。被另外那个人的阴魂所占有！就是确实已被钉死于十字架上的那个人的阴魂所占有！那人当然巴不得他不得安宁啦。你想嘛，那个"救世主"咽气时肯定会将阴魂注入他体内，这样他就可以不死，他就可以为自己的冤死报仇雪恨，以此惩处那个被宣判无罪的人，为自己鸣冤叫屈。很可能就是这样！

想到这一层，就会明白原来巴拉巴是从那时起变得古怪的啊。正是这样，她想起了他刚被释放时初来这里的种种古怪行为。是啦，就是这样，没错儿，一切的一切都迎刃而解了。唯一不解的是，那拉比又是如何把阴魂注入巴拉巴体内的呢，因为他是在各各他咽的气，而巴拉巴并不在那里。当然假如他真如别人说的那么本领高强，要做到这一点倒也不难，将自己变得无影无形不就得了，想去哪儿就去哪儿。他显然是有那种本领的，可以随心所欲，为所欲为。

那么巴拉巴自己知道是怎么回事吗？是否知道自己身上附有他人的阴魂？是否知道自己已经死掉，活在他身上的却是那个被钉死于十字架上的男人？他可知道这一切？

可能他毫无觉察。可以看得出来，这对他更加不利。不过这也不足为怪，既然那是他人的阴魂，当然也就巴望他不得安宁啰。

她为他感到难受。她是如此为他感到难受，连看他一眼都不忍心。他呢，则从来就不正眼瞧她，因为他心里烦着呐。他根本就不把她放在眼里，一丁点儿都不，因此他不正眼瞧她也就不足为怪。最糟糕的是，他连晚上也不再想要她啦，这比任何事情都更能说明，他对她已经感到厌腻。只有她还那么痴情地爱恋着这个可怜的老混蛋。她会趴在床上哭上那么一整夜，可那也没用。真怪啊……她从来都没想到居然还会碰上这等事。

她如何才能让他回心转意呢？她如何才能驱赶走那个被钉死在十字架上的人，让巴拉巴重新成为那个巴拉巴呢？她不懂得如何才能驱散鬼魂。对这种事她一无所知，况且那鬼魂那么厉害，手段又是如此了得，这一点她心里倒是明白得很。虽然她并不是那种胆小如鼠的女人，可她还是有点儿怕它。只要瞧瞧巴拉巴，就能明白它有何等的本事。一个不久前还好端端是条汉子的大男人，不一会儿工夫就被它给治得服服帖帖。这种事已非她所能理解，因此也就难怪她心存畏惧。它既然属于一个被钉死在十字架上的人，自然也就格外威力无比啦。

不，她其实并不怕，她只是不喜欢那些被钉死在十字架上的人罢了。这可不合她的口味。她个头高大，身体肥硕，能与她相匹配的人儿唯有巴拉巴，是以前的那个巴拉巴，那时他还没有那些胡思乱想，认定自己命该被钉死在十字架上。让她暗暗欣喜的是，他并没有被钉死在十字架上，他居然逃过了这场临头大祸！

这就是那胖妇人难耐寂寞时冒出的一些想法。可是想到后来她忽然又明白，自己其实对巴拉巴根本就不了解，既不知道他是否真出了什么毛病，也不知道他是否真被那个钉死于十字架上的人的阴魂所缠绕。什么都不知道。她唯一知道的，就是他根本不理睬她，而她依旧对他一往情深。一想到这一点，她就忍不住号啕痛哭，伏在床上，沉浸于自己的大不幸当中。

巴拉巴在跟她同居的那段日子里，到城里去过一两次。一次他发现自己来到了一间屋子里，这是一间形同低矮地窖的房屋，四面凿了好些窟窿让光线透进来，空气中弥漫着兽皮和硫酸的刺鼻味儿。显然这是一间皮革作坊，但不是在皮匠胡同，而是在通往汲沦谷①的圣殿山山脚。

这间作坊以前很可能专事加工制作圣殿动物祭品的兽皮，但现已废弃不用。墙角的罐罐坛坛尽管仍残留着难闻的味儿，可是全是空的。地上到处可见栎树皮、垃圾和被人踩进来的各种脏东西。

巴拉巴乘人不注意悄悄钻了进去，蜷缩在靠近入口的一个角落里。他蹲下来之后，才发现屋子里挤满了正在做祷告的男女。大多数人都看不清楚，只有几个人可以辨识，他们恰好伏在被屋顶窟窿处射进来的光线照亮的地方。可以肯定到处都有人在伏着做祈祷，因为阴暗处也传来同样嘟嘟哝哝的声音。念祷声时起时伏，中间穿插着短暂的停歇。有时候众人以前所未有的高声同声祈祷，热情一阵高过一阵。有个人甚至爬将起来，如痴如醉地开始为救世主的复

---

① 汲沦谷：在耶路撒冷城东与橄榄山之间，长约四公里，是城里人丢弃死尸与垃圾的地方。

活做见证，这时其余的人立刻变得鸦雀无声，都朝那方向翘首仰望，仿佛想从那人身上获取力量。

等那人一讲完，大伙儿又开始呢喃有声，比先前更加专注而狂热。巴拉巴一直看不清楚那些目击者的脸，后来有一次一位目击者距他很近，他发现那人的脸上汗水涔涔。他看见那人沉浸在狂喜当中，看见汗水如何顺着那张凹陷的脸直往下淌。那人已近中年，他一说完就扑倒在泥地上，像所有的祈祷者一样，不住地用脑袋磕捣地面，那情形就好像是，他忽然想起除了他喋喋不休谈论的那个被钉死于十字架上的男人，另外还有一个神。

巴拉巴背后不远处响起了一个似曾相识的声音。他偷眼朝那个方向看去，却发现原来是那个从加利利来的红胡子大汉起身站在一束光线中。他念祷的声音要比别的人从容，带着浓浓的方言味儿，让耶路撒冷人听起来觉得怪土的。可是那些人听他念祷时却专注得出奇，尽管实际上他的话语里根本就没有什么非同寻常的东西，但他们对他说的每一个字都不放过。他先是说了说他那亲爱的主。他只称他为主，而不用其他称呼。然后他提到那主曾预言，所有信奉他的人都会因为他的缘故而遭受欺凌。如果发生了这样的事，他们当默默忍受，想想他们的主所蒙受的苦难。他们只是一些弱小而悲惨的人，跟他不一样，但是尽管如此，他们当努力承受一切煎熬，而决不放弃信仰，决不背弃他。就说了这些。他对他们说话的口气，就像对自己说话一样。

等他说完之后，在场的人似乎都对他有点儿失望。他显然觉察到了这一点，又说他还要背诵一段主教给他的祷词。在他祷告时，众人好像略为满意，有几个人还当真动了感情。整座屋子里充满了喜庆的气氛。在那人快要祷告完毕时，他身边的人纷纷起身向他"道贺"，这时巴拉巴才发觉，正是那些人曾经朝他大喝：

——滚你妈的，你这恶棍！

接着又有另外一两个人起来做见证，气氛异常热烈，与会者群情激奋，许多人摇头晃脑，似乎已进入催眠状态。巴拉巴躲在角落里，用那双机敏的眼睛注视着这一切。

忽然他心头一怔。他看见那位兔唇姑娘在一束光线中站立起来，双手按住自己干瘪的胸脯，苍白无血的脸迎向洒落下来的阳光。自从在那座墓穴分手之后，他就没再见到过她。她看上去比先前更加憔悴而可怜，仅用破布裹着身子，双颊因为食不果腹而深深地凹陷下去。

所有的人都望着她，纳闷她是谁，因为没人跟她相识。他看得出来，那些人觉得她有点古怪，尽管说不清楚到底怪在哪里。可能是因为她身上除了破布什么都没有吧。他们显然都想瞧瞧她将做出什么见证。

她为什么要来做见证？这样做又有什么意思呢？巴拉巴暗自思忖。她肯定意识到自己并不适合于做这种事。虽然这事与他毫不相干，但他变得激动起来。她为什么要来做见证呢？

她自己对这件事好像也挺不快活。她站着，闭上双眼，似乎不愿意看见周围的任何人，只盼望着事情快快了结。既然如此，她这样做又是为了什么呢？既然无此必要……

接下来她开始做见证。她抽着鼻子嘟嘟囔囔地叙说着对她的主和救世主的信仰，话语中没有什么让人动容的东西，并不像推想的那么感人。相反，由于置身于大庭广众之下感到神情紧张，她说出来的话比往常更加混沌不清，更加语无伦次。大伙儿明显表现出尴尬而厌烦，有几个人甚至因为感到羞耻而把脸偏开。

她抽抽搭搭地说出一句："主啊，现在我已按你的吩咐，为你做了见证。"说完之后赶紧在泥地上趴下，尽量不让他人看见自己。

所有的人都神色难堪，面面相觑，好像被她取笑了一顿。或许她的确这样做了。或许他们是对的。这件事完毕之后，他们唯一所想的，就是快快结束了事。一个头目，一个喊过"滚你妈的，你这恶棍！"的人，站起来宣布集会到此结束，他又补充说，大家都明白为什么要来这儿开会，而不是在城里。下次聚会要另找一个地点，那地点现在尚未确定，但是主肯定会为他们寻到一处避难场所，在那里他们可以躲避恶魔；他不会抛下他的羊群不管，因为他是他们的牧羊人[①]，等等。

巴拉巴没再听下去。他先于其他人溜了出来，并为自己得以开溜暗自庆幸。

一想起这件事，他就感到恶心。

[①] 基督徒通常把信徒比作羊，把牧师比作牧羊人。耶稣曾称自己是好牧人。见《约翰福音》第10章。

第七章

　　异教审判会^①开始，一名盲老头由一位气喘吁吁的年轻人牵着，走到犹太教公会^②的一位检察官面前，说：

　　——我们粪场门那边有个女人以妖言惑众，她散布谣言说有个救世主就要降临，来改变整个世界，说世间万物都要遭毁灭，一个新世界就要诞生，在那里唯有他的愿望才能实现。她该不该用乱石砸死？

　　那检察官倒是个办事顶认真的人，他要盲老头为自己的指控提出更详细的凭据。首先讲清楚那是哪个救世主。

　　老头说就是其他被砸死的人也信奉的那个呀，如果公平执法的话，那女人当然也应当被砸死。他亲耳听她说过她的主要来拯救所有的人，连麻风病人都有救，说什么他将治好他们的病，让他们跟常人一样干净。假如麻风病人真跟常人一样过日子，那还了得？假如他们到处乱窜——连小铃铛也不戴——那谁弄得清楚他们的去处，

---

① 　异教审判会：指撒都该人和法利赛人组成的司法机构对早期基督徒的审讯迫害。
② 　犹太教公会：设在耶路撒冷的犹太人最高司法和立法机构，相当于当今的最高法院。由 71 名贤者组成，定期在圣殿方石厅开会，审判大祭司、假先知及其他异端分子。公元 70 年耶路撒冷被毁时遭废除。

至少我们这种瞎子是弄不清楚的。散布这种谣言还不算犯法啊？

盲老头听见枢密官在距他不远的地方捋着自己的胡须。枢密官问，有没有人相信那女人说的话呢。

——当然有啊，盲老头回答。在我们粪场门那边的下等人当中，愿意听信这种鬼话的人可多啦，山谷里那些麻风病人尤其爱听，她跟他们打得火热，还有呢，好几次她钻进他们的营地里，据说去干那种最寡廉鲜耻的事情，据我所知，她跟他们好多人都睡过觉。那种事情我并不想了解得太多，但我听别人说她已经不是处女了，而且还很可能弄死了一个自己亲生的孩子。不过我并不是很清楚，只是听好些人都这样说。我的听力可没什么毛病啊，只是眼睛看不大清楚，所以成了瞎子。这真是太不幸了，大人，一个人成了瞎子真是太不幸了。①

枢密官又问，那个她所称的"救世主"——其实应该叫作被钉死在十字架上的人才对——是不是通过她在那里的人群中收买了许多信徒？

——是啊，是收买了许多。他们都想治病，你瞧，而她说他都给他们治，瞎的、跛的、疯的都治，因此这世道上将不再会有任何苦难，不管是在粪场门，还是在其他地方，都不会再有。可是后来我们那边的人全火了，因为他老是不见来。她喋喋不休地说了那么久什么他会来会来，可是眼见他迟迟不露面，人们当然就火啦，笑

---

① "瞎"在基督教中有双重含义。一指肉眼看不见人；二指心中混沌无灵性，不知上帝和真理所在。《圣经》中称不信仰上帝者为瞎子。见《以赛亚书》第42章第16节。

她，骂她，又吵又闹，谁也甭想睡得着。但是那些麻风病人还心存侥幸，想想她蒙骗他们的那种办法，当然也不奇怪。她甚至许诺他们说，他们将被允许进入圣殿广场，进入大人的府邸。

——麻风病人吗？

——对啊。

——她怎么能许这么可笑的愿？

——是这样，她倒不能许什么愿，而是她的主。他是如此本领高强，什么愿都能许，什么愿望都能实现。他洞悉一切，料事如神，因为他是圣子。

——圣子？

——对啊。

——她说他是圣子？

——是啊。这是对神明的公然亵渎。谁不知道他已经被钉死在十字架上了呢。我认为不必再多举例子了，那些判他死刑的大人对这一点最清楚。

——我就是判他死刑的人之一。

——是吗，那么你对他可清楚得很啰！

一时鸦雀无声，盲老头听见那枢密官在昏暗中又开始捋自己的胡须。接下来那个声音宣布，该女子将被传唤至法庭面前，供认她的信仰，可以进行辩护，如果她办得到的话。老头千恩万谢，遵从地鞠了鞠躬，退了下去，摸索着墙壁探寻进来时走过的那个门洞。枢密官叫自己的扈从下去帮帮他。在等候的当儿，为慎重起见，他又问盲老头，是否对方才提到的那个女子怀有什么个人恩怨。

——对她怀有个人恩怨？不。我怎么会那样呢？我从来都没对任何人怀有过个人恩怨。我干吗要那样？我根本就看不见他们。我一个人都看不见。

扈从扶他走出门外。临街的大门口外边，站着那个从粪场门来的小伙子，正在阴凉处不住地喘咳。盲老头摸到了年轻人的手，两人一同走回家去。

兔唇姑娘被判处死刑后，由人领着来到城南不远处的那个乱石坑前。一大群吵吵嚷嚷的人尾随着她和一名级别较低的圣殿卫队军官。那军官带了几个兵士。兵士们蓄着胡须，头发都编结成辫子状，上身赤裸，手执用来维持秩序的带钉皮鞭。人群走近乱石坑时，怒火万丈的暴民立刻将石坑团团围住，一个兵士领着兔唇姑娘走下坑去。坑里垒满石块，坑底则阴惨惨一片发黑的淤血。

行刑官大喝一声肃静，然后让一名大祭司的代表宣读死刑判决和判决理由，说将由指控该女子的那个人扔出第一块石头①。盲老头被人扶着走到坑边，向他转达了这层意思。但他拒不从命。

——为什么要由我朝她扔石头？我跟她有什么相干？我从来都没看见过她！

后来众人好歹让他明白，这可是法律，他必须这样做，他这才气呼呼地嘟囔了一句扔就扔吧。一块石头递到他手里，他将它扔向

---

① 据《新约》记载，有法利赛人将一正在行淫的妇人带至耶稣跟前，说要用乱石将她砸死。耶稣说："你们当中谁是没有罪的，谁就可以用石头打她。"法利赛人谁也不敢先下手，纷纷掉头走开。因此后人认为，扔第一块石头的人，其实自己是罪人。见《约翰福音》第8章。

幽暗的坑底。他又扔了一块，但都没有击中，因为他根本就不知道目标在哪里。他朝阴暗中扔出的石块都落向同一个方向。巴拉巴就紧挨在盲老头旁边，两眼一直紧盯着下面那个即将被乱石埋葬的姑娘，这时他看见一个男子走上前来，帮那盲老头的忙。那男子的脸干枯皱缩，毫无表情，额头上系着装有训诫①的皮囊，可能是个圣典教士②之类的角色。那男子举起盲老头的手，试着替他瞄准，以便继续投掷。可是结果却同先前一样，石块偏得老远飞了出去。

而那被判极刑的女子依旧站在下面，睁着一双大而明亮的眼睛，等待着即将发生的事情。

那个忠实信徒③终于不耐烦起来，弯腰拾起一块又大又尖利的石头，使尽自己那一点儿气力砸向兔唇姑娘。这次确确实实击中了她，她一个趔趄，绝望无助地扬起两条细瘦的胳膊。人群顿时发出一阵狂野的欢呼，那个忠实信徒则俯身去看他的杰作，一副乐不可支的样子。巴拉巴挨近他跟前，略微掀起那人的披风，用一个训练有素的熟练动作将一柄刀子刺入对方体内。这一切都做得如此敏捷，谁都没来得及察觉。他们都正纷纷忙于朝那个受害者扔去如雨的乱石。

巴拉巴挤到坑边，看见坑底兔唇姑娘伸出双臂，摇摇晃晃地向前迈了一两步，高声叫唤：

---

① 训诫：据《圣经》记载，摩西率犹太人出埃及后，在西奈山上，上帝向他们颁布十条律令，通称十诫，后成为基督徒圣训。其中第三条为："不可妄称上帝的名字。"见《旧约·出埃及记》第20章和《旧约·申命记》第5章。
② 圣典教士：主张一切皆遵从《圣经》和其他犹太法典的犹太教条主义者。
③ 即前面提到的那个犹太教士。

——他来了！他来了！我看见他了！我看见他了！……

随后她跪了下来，仿佛抓住了哪个人外衣的下摆，抽着鼻子说：

——主啊，我如何才能为你做见证？① 宽恕我吧，宽恕我……

她猝然倒在血迹斑斑的石堆上，咽下了最后一口气。

等到万事皆休，那些人马上就发现，他们当中居然有个人倒地死了，而另有一个人正沿葡萄园逃窜，消失于通往汲沦谷的一片橄榄树林中。几个兵士拔腿就追，可是没能找到那人，好像大地把他给吞没了。

---

① 《新约》中常用"做见证人"来喻指殉教者，因为当时有一些信徒坚持说自己目睹了耶稣的复活以及其他一些神迹，坚持要为耶稣显灵做见证，结果被当作异端用乱石打死，如司提反就是一例。见《使徒行传》第 22 章和《启示录》第 2 章。

第八章

　　暮色降临之后，巴拉巴潜回乱石坑，爬了下去。他什么都看不见，只能摸索着前行。在坑底他找见了她的残破的尸骸，一半已经埋在了石堆里。她早已断气，而那些石子仍旧纷纷扬扬地落下来。尸骸是如此小而轻巧，托在手上几乎感觉不出什么分量。他托着她爬上陡峭的坑壁，消失于夜幕之中。

　　他托着她走了一程又一程，不时停下来歇歇，把死去的女孩子轻轻放在面前的地上。乌云已经飘向远方，群星在天空中熠熠闪亮，月亮也升起来了，大地万物在月华中一目了然。

　　他注视着她的脸。奇怪的是，这张脸既没有受到多少损伤，也未必比她活着的时候更苍白，简直让人觉得不大可能。它近乎透明，上唇那块伤疤变得如此渺小，仿佛已经无关紧要。它的确无关紧要，不仅仅是现在。

　　他想起自己有一次忽然心血来潮，想对她说他爱她。那是他占有她的时候——不，他从脑海里驱走了这个念头……等到他当真对她说他爱她，叫她不要出卖他，而是按他的要求行事的时候——她的脸简直放出了异彩。听到他这样说，她手足无措。尽管她也明白这不过是谎言而已，但还是感到无比快活。当然，也有可能她并不明白。

不管怎么说吧，他达到了自己的目的，她每天都带着吃的用的到他那儿去。后来他就睡了她——说不上称心如意。她的鼻音让他听着难受，为此他曾要她废话少说，但他还是将就着睡了她，因为手上没有别的女人。后来他的腿伤治好了，于是也就远走高飞。除此之外，他又能怎样？

他放眼面前空旷的大漠，死寂的月光之下，大地沉沉，了无生机。他知道四面八方，都是一片荒凉。根本用不着举目环顾，他就熟知那一片荒凉。

彼此相爱……

他又瞧了瞧她的脸。

他托起她，重又开始翻山越岭的旅程。

他循着由耶路撒冷穿越犹大沙漠①，再通往摩押旷野②的一条骆驼和骡子行走的路线前进。一路上荒无人烟，只能见到动物的粪便，偶尔有一具被秃鹫啄成骷髅的死骆驼，表明道路延伸的方向和拐弯的地方。走了大半夜之后，道路忽然开始变得倾斜，于是他明白尽头已相距不远。他顺几个 V 字形陡坡往前走了一段路，却似乎又进入了另一片更萧索更寂寥的戈壁滩。道路继续朝前穿行，但他先坐下来休息了一会儿，在负重费力地走了那么长的路之后，是有点儿累了。不管怎么说，也快到那地方了吧。

---

① 犹大沙漠：位于巴勒斯坦南部的一片沙漠。
② 摩押旷野：位于死海之东，摩西死前在此发出最后训诲，死后葬于此地。

他怀疑自己是否能找到那个地方，是否应该去问问那个老人。他宁愿自个儿了结这件事，也不想去问他。老人不会明白他为什么把她抱到这儿来。可是他自己是否又明白呢？这样做又有什么意义？有，他心想，如果说她属于哪里的话，她当然属于这里。要是埋在吉甲山脚①，那里的人不会让她安宁，葬在耶路撒冷呢，她将被掘出来喂狗。他觉得她不该落得那样的境地。可是这又有什么关系？又有多少区别？虽然她曾经在这里流浪过，虽然在这里她可以与那个婴孩分享同一个墓穴，可是带她到这儿来又有什么用处？一点都没有。尽管这样，他还是觉得自己愿这样做。要想告慰死去的人，实在不是一件容易的事。

她出走耶路撒冷究竟是为了什么？跟那班疯疯癫癫的沙漠狂徒泡在一起，胡诌弥赛亚就要降临的鬼话，还说什么要向主的城市②进发。如果她听从了那老人的话，也不至于落到现今这种下场。那老人不肯动身，他说他去过的次数多啦，自称弥赛亚的人不计其数，可是到头来全然不是那么回事。凭什么说这次就必定是真的呢。可是她却相信那些狂徒。

现在她躺在这儿，为了那人的缘故被砸得血肉模糊，丢了性命。真的那位？

他是真的那位吗？世界的救主？人类的救主？那他为何不在乱石坑底救她一把？为何任她为了他的缘故而被乱石击砸？如果他是救世主，为什么他不救救她！

---

① 即兔唇姑娘的家乡。
② 即耶路撒冷。

假若他愿意，他当能做到。可是他喜欢受苦，喜欢自己受苦，也喜欢别人受苦。他还喜欢别人为他做见证。"现在我已按你的吩咐，为你做见证……""自地狱重生，为你做见证……"

　　不，他厌恶被钉死在十字架上的那个人。他恨他。正是那个人害死了她，要她为他献祭，并看住她，使她无从逃脱。因为他也在场，她看见他了，伸开双臂向他求助，捉住了他的下摆——可是他连一个指头都没有伸给她，还说是圣子！上帝亲爱的儿子！所有人的救主！

　　他亲手捅死了投出第一枚石块的那家伙。他，巴拉巴，至少还这样做了。是的，这毫无用处。石头已经扔出，石头已经打中了她。这样做没有任何意义。可是，毕竟……他毕竟捅死了那家伙！

　　他撇撇嘴，擦了擦手背，冷冷一笑，又耸了耸双肩，站立起来。他一把托起死者，一副不胜其烦的样子，似乎已开始对它有些厌倦，然后重又上了路。

　　他从老人隐居的洞穴旁经过。打从那次偶然路过这里，每次他都能一眼认出它来。他努力回忆老人领他去那婴孩的墓穴时，究竟走了哪些路。右边是麻风病患者的窑洞，正前方住的是那伙沙漠狂徒，他记得他们当时走得可没那么远。是的，他认出了它，尽管在溶溶月色中，它看上去跟平日迥然两样。在去那个墓洞的途中，就在这儿，老人对他说，那孩子生下来就死了，因为它在娘胎里就被人诅咒；他马上把它给埋了，所有死产的东西都不洁净。你的孩子不得好死……妈妈未能前来掩埋它，但是后来她时常来这儿，就坐在洞旁……一路上老人的话都没有止过。

应该就在附近了吧，是不是？瞧，这不就是那块大石板吗……

他掀开石板，把她安放在婴孩旁边。那婴孩已经干瘪。他小心翼翼地摆弄好她那破损的身体，好像这样她就可以躺得舒服些，然后又最后看了一眼那张脸和上唇的疤痕。那块疤痕再也不会引起他人注意了。

他将石板移回原处，坐下来举目眺望茫茫大漠。他心想这儿与阴曹地府何其相似，而她已经归属其间。是他把她带到了这里。本来一个人在哪儿安息都无所谓，但是现在她就躺在她的干瘪的孩子身边，而不是其他地方。他好歹已经为她尽心尽力了，他想，捋捋自己那一大把红胡子，自嘲似的轻轻一笑。

彼此相爱……

第九章

巴拉巴回到同伙当中后，变化得如此厉害，众盗贼几乎都认不出他来。一些去过耶路撒冷的同伙曾经说，他看上去有点儿古怪，这大概是坐了太久的牢，况且还差点儿被钉死在十字架上的缘故。他们认为用不了多久这种怪怪的感觉自然就会消失。可是事实并非如此，甚至直到现在，在过了那么长的时间之后也未见有任何改观。事情背后究竟藏着什么原因呢，他们都说不上来，但是他确实已经与旧日的他判若两人。

诚然，巴拉巴一向都有点儿怪里怪气。他们从来就不曾真正了解过他，不曾知道他想些什么，但那是另外一回事。他对于他们形同路人，而他呢，也一定觉得他们是一些他未曾见过的异客。对他们提出的种种方案，他几乎视而不见，也从来没有什么高见，似乎对那些事情毫无兴致。当然，他也参与袭击过路的商队，还不时下到约旦河谷①打家劫舍，但总是半心半意，算不上十分卖力。遇上危险他也没有想到如何躲避，常让大伙儿好一场虚惊。也许连这种

---

① 约旦河谷：约旦河流经的地区，全长 150 公里。河谷遍布沟壑，地势险要，强人盗贼频繁出没其间，劫掠出入耶路撒冷的商队。

表现也可以归结为古怪的冷漠吧，反正谁也说不清楚。他无论做什么事情几乎都不是很投入。只是有一次，在伏击由耶利哥①方向而来的一辆为大祭司运送什一税②的四轮马车时，他凶相毕露，大开杀戒，一连捅死了两名押车的圣殿卫队兵士。本来大可不必这样，因为那些兵士眼见自己寡不敌众，没做抵抗就已缴械投降了。杀死还不够，他又去凌辱那两个人的尸首，那种做法是如此不可理喻，连其他的盗匪都觉得实在过分，纷纷掉头而去。虽然他们也仇恨圣殿卫队，仇恨大祭司的所有仆从，但是死者属于圣殿，而圣殿又属于主。他如此残害那两具尸体，让其余的同伙感到心寒。

可是在其他场合，别人都不得不卖命的时候，他却显得心不在焉，无意参与。人家做的事似乎关他屁事。甚至在他们那伙人偷袭约旦河一个渡口的罗马人③哨岗时也是这样，他没有表现一点儿热情，要知道正是那些罗马人想把他钉死在十字架上，而其他的同伴正陷于疯狂状态，逐个割断每个士兵的喉管，把他们抛下河去。同伴们毫不怀疑，他对欺压上帝子民的那些压迫者的仇恨，丝毫也不亚于他们，可是如果大伙儿都像他那样心不在焉的话，那天夜晚他们就非被一网打尽不可。

———————————

① 耶利哥：位于约旦河以西，便雅悯和以法莲山的接壤处，靠近死海，是约旦河西岸的重要商埠，因生长棕榈树和无花果树而闻名，又称"棕树城"。该城经常发生抢劫案件。
② 什一税：基督教会向信徒收取的一种宗教捐献。因《圣经》规定农牧产品的十分之一属于上帝，故信徒应将收获物的十分之一捐给教会，用以修缮教堂和维持神职人员的生活。什一税分为三种：大什一税（谷物）、小什一税（蔬菜瓜果）和血什一税（牲畜）。后所有基督教会均向教徒收取此税。随着教皇势力的衰落，什一税的合法性也受到怀疑。胡斯运动、马丁·路德的宗教改革运动以及法国大革命等，都要求废除什一税。欧洲国家大多于18和19世纪先后废除，英国也于1936年废除。
③ 当时整个巴勒斯坦地区被罗马人占领，处死耶稣的就是罗马总督彼拉多。

他身上的变化着实让人百思不得其解。如果说以前谁最勇敢的话，那当然就是巴拉巴啦。他策划了绝大多数的偷袭方案，而且率先将它们付诸实施。在他眼里，世间没有什么事情是办不到的，他习惯于不战则已，战则必胜。由于他有勇有谋，同伴们都乐于让他自行其是，为他们策划种种阴谋，渐渐养成了事事由他做主的习惯。虽然众盗贼并不承认他们中间有谁是头目，虽然并没有谁真正喜欢他，但他实际上成了某种形式的头儿。或许这恰好是因为这样一个原因，即他生性古怪，面色阴沉，与他人迥然有别，所以他们猜不透他，把他看作外人。这些人彼此之间都心中有数，对自己是些什么东西一清二楚，可是一提及他，似乎就感到茫然。奇怪的是，他们却因此获得了信心。甚至连他们有点暗暗怕他这个事实，也让那伙人心里踏实。当然，这主要还是因为他在战斗中表现出了勇气和机智，而且总是大获全胜。

可是如今，他们还要这样一个头儿干吗？他没有一点儿当头儿的样子，甚至在别人拼死拼活的的时候，他连自己那一份活都不想干，就知道坐在洞口，遥望约旦河谷和远方被叫作死海①的那片大洋。瞧着他那种古里古怪的眼神，大伙儿都很不自在。他很少跟他们说话，如果说上一两句，他们就倍感他莫名其妙。他的心思好像根本就不在这里，而是在其他的什么地方，一副心事重重的模样。或许这就是他在耶路撒冷那番经历所造成的后果，差点儿被钉死在十字架上所留下的后遗症吧。也就是说，不管他回来没回来，他都

---

① 死海：位于巴勒斯坦和约旦之间的内陆湖，著名大咸水湖。据说为上帝毁灭的罪恶之城所多玛和蛾摩拉即沉于其南部水底。

已经被钉死在十字架上了。

他给周围带来烦闷。对他的归队，对他待在这里，他们毫无欢喜可言。他已经不再属于这里。他不适合于当头儿，什么都不适合于当。那么是否可以这样说，他已经毫无用处了？是的，事情就是这么奇怪——他已经毫无用处了。

现在回想起来，其实他并非从一开始就是那个冲杀在前，判断果敢的巴拉巴，并非从一开始就是那个英勇无畏，置生死苦乐于度外的巴拉巴。在以利雅胡给了他眼眶下方那一刀之后，他才变了样。在那之前，他根本就算不上勇士——实际上，恰好相反。对此他们记忆犹新。可是自那以后呢，他忽然变成了一条汉子。在挨了那可怕的一刀之后——那一刀本来确实想结果他的性命，在经过了接下去的那番生死肉搏之后——结果以巴拉巴将凶猛但毕竟已年迈体衰的以利雅胡抛下洞口的悬崖而告终，他全然变成了另外一个人。那时的他多么灵活，多么敏捷，那老家伙使出浑身解数也敌他不过，于是那场格斗成了他的末日。那老头为什么挑起这场事端？为什么一直仇视巴拉巴？他们不得而知。可是他们看得出来，那老头从一开始就对他深怀反感。

自那次格斗之后，巴拉巴成了他们的头儿。在那以前他一直默默无闻，是那一刀使他变成了男人。

对这件事，众贼议论纷纷。

他们如何会知道，又有谁能知道，那个以利雅胡，那个此刻在他们的脑海里栩栩如生的以利雅胡，竟然是巴拉巴的父亲。谁都不知道。谁都不可能知道。

他母亲原是一名摩押女子。许多年以前，被一伙在耶利哥大道上抢劫商队的匪徒掳去，遭他们轮番玩弄之后，又被卖给了耶路撒冷的一家妓院。后来眼见她快要分娩，鸨母不愿再留她，就把她撵出娼门，结果她在路旁生下孩子，没过多久就咽了气。谁都不知道那孩子的生父是谁，恐怕连她自己也说不清楚。孩子还在她的肚子里，她就诅咒他，而后在生他的时候怨天尤人，恨苍天无眼，造物主不公。

是的，谁都不清楚他的来历。无论是在洞窟深处窃窃私语的那帮家伙，还是巴拉巴本人，都不清楚。他端坐在洞口，凝视着摩押旷野上滚烫的群山和那片被称作死海的无边无际的大洋。

虽然巴拉巴就坐在把以利雅胡扔下悬崖的那处地方，但他根本就没有想到过他。他想到的是——由于某种原因，抑或根本就没有任何原因——那个被钉死在十字架上的救世主的妈妈，想到她伫立在那里，怎样望着她那被高高钉住的儿子，望着她自己的亲生儿子。他记得她那双欲哭无泪的眼，记得她那张粗糙的农妇的脸。那张脸并没有表露出她的悲哀，或许也不想在外人面前表露出来。他还记得她走过时，朝他投来的责难的一瞥。为什么单单投给他？应该受到责难的人多着哪！

他时常想起各各他，想起在那里发生的事，想起她，另外那个人的妈……

他又举目远望死海彼岸的那片群山，眼看着夜幕吞没了它们，而后又吞没了摩押平原。

第十章

如何才能甩掉他呢，众贼为此大伤脑筋。他们极想摆脱这个无用而让人心烦的累赘，免得再看见他那张阴沉沉的脸。因为那张脸，人人感到压抑，事事毫无兴味可言。但是如何着手呢？告诉那张脸，他不适合于再待下去，如果他自动离开，他们将万分感激？谁去跟他说呢？没谁愿意，老实说吧，也没谁敢。他们依然毫无理由地对他怀有某种荒唐的畏惧。

于是众贼依旧窃窃私语，不厌其烦地抱怨跟他在一起是多么心烦，他们是多么讨厌他等等；还说就是因为他的缘故，倒霉的事情接踵而至，近来连续丢失了两个弟兄。有这么一个约拿①在他们当中，别再想碰上什么好运气啦，等等。匪巢里充满了紧张压抑的气氛，不怀好意的眼睛在昏暗中贼亮贼亮，都盯着坐在悬崖边独自发愣的那个人，似乎他已经在劫难逃。看他们如何收拾他！

可是一天早晨，他忽然就没了踪影。他不在那儿了。他们首先

---

① 约拿：《旧约》中十二小先知之一。曾奉上帝之命赴尼尼微城，向该城居民发出警告。途中遇风浪落海，被巨鲸吞下，后在鱼腹中祈祷。上帝命鱼将他吐在岸上。通常喻为带来不幸的人，或为免除不幸而被牺牲的人。见《旧约·约拿书》第1章和第2章。

想到的，是他丧失理智一头跳下了悬崖，再或者就是阴魂附体，把他推下了峭壁。说不定就是以利雅胡的阴魂呢，来找他报仇雪恨了。可是他们找遍了那个地方，也没找见他。他们曾经在那里找到过以利雅胡的残尸，可是就是找不见巴拉巴，连一丁点儿他的痕迹都找不见。他忽然就没了踪影。

众贼长舒了一口气，重又返回筑在峭壁上的老巢。这时山崖已被骄阳晒得滚烫滚烫。

第十一章

在发生了那些事情之后，在以后的岁月里，巴拉巴的命运究竟如何，他常到哪些地方去，或者到底干了一些什么勾当，无人确切知晓。有的人说，他失踪之后就洗手不干了，隐居到犹大沙漠或是西奈沙漠①深处的某个地方，沉迷于对神和人世的思索当中；还有的人说，他加入了仇视耶路撒冷圣殿，仇视众祭司以及各色教士的撒玛利亚人②的行列中，据说逾越节那天，有人看见他在基利心③参加了圣山上的祭羊活动，并看见他跪在山上等待日出。不过另有一些人却说，大多数时候，他仍旧是一伙强盗的头目，在靠近叙利亚一侧的黎巴嫩山谷④间活动，对落入他手里的犹太人和基督徒⑤都施以

---

① 西奈沙漠：位于亚洲和非洲之间的西奈半岛上，面积61000平方公里。其南部的西奈山是上帝向摩西颁布十诫的地方。
② 撒玛利亚人：以色列被亚述国灭亡（公元前722年）后，诸族杂居而形成的新民族。由于历史的原因，撒玛利亚人与犹太人世代为敌，曾阻止犹太人重建圣殿，并拒绝遵守犹太人的律法。耶稣曾嘱咐门徒不要进入撒玛利亚境内，但同时又主张不应歧视撒玛利亚人。见《新约·马太福音》第10章第5节。
③ 基利心：山名。位于示剑谷南部。该山建有撒玛利亚殿，因而成为撒玛利亚人的圣山。
④ 黎巴嫩山：位于巴勒斯坦北部，长约150公里，以盛产香柏树和建筑石料著称。在《旧约》诗歌中，该山是美好的象征。
⑤ 基督徒：信奉耶稣基督者的统称。此名在书中正式出现，表明基督教已从犹太教中脱颖而出，并已在欧洲立足，成为独立的世界性宗教。

酷刑，毫不手软。

前面已经说过，关于他的命运众说纷纭，真假莫辨。不过这件事倒是众所周知的，那就是他在年过五十岁的时候，从服过多年苦役的塞浦路斯①铜矿，来到帕弗②的罗马总督家为奴，那些铜矿归后者所有。至于他为什么被抓到铜矿去服苦役，去受最不可想象的处罚，却无人知道。这种事发生在他身上，本来已经够奇怪的了，但是更奇怪的却是，他在落到那种境地之后，居然还可以活着回来，尽管是作为奴隶。其中必定有些非同寻常的奥妙吧。

如今他头发灰白，面孔消瘦，可是考虑到他吃了那么多苦头，他的身体却还算结实。他恢复得很快，没过多久又变得硬朗如初。在离开铜矿的时候，他与其说是个活人，还不如说像个死鬼，身体骨瘦如柴，两眼黯淡无光，像是干枯的老井。等到眼睛重现光彩，那份神情则显得比以往更加慌乱，像是被谁吓着了似的，惶惶然如丧家之犬；但是偶尔又会有一丝光闪过，带着他妈妈生他时对世间万物深怀的那份恨。眼眶下方那块疤痕呢，一度已毫无血色，但如今又很显眼地扎进了灰白的胡须里。

如果他不是这么一块富于韧性的料，他早就完蛋啰。为此他得感谢以利雅胡和那个摩押女子，是他们使他得以再生啊。虽然他们对他怀有的全是恨，而不是爱，甚至在他们彼此之间也无爱可言。爱的分量不过如此。至于当初他们如何同床异梦，各有所图，至于

---

① 塞浦路斯：地中海东北部海岛，出产木材和铜，希腊文的"铜"字即源于该岛名。历史上曾有众多受迫害的基督徒逃至该岛。后保罗和马可往欧洲传道时，都从这里启程。
② 帕弗：古罗马时代塞浦路斯岛首府。

他究竟应该感谢他们什么，巴拉巴却不甚了了。

他跨进的这幢府邸，里面大着呐，男仆女奴不计其数。其中有个男仆叫沙哈，瘦瘦长长，皮包骨头，是个亚美尼亚[①]人。他长得如此之高，平日走路总得有点儿驼背弯腰。眼睛大大的，略微凸出，黑亮黑亮的眼神使他看上去目光炯炯。光看他那短短的白发，还有焦黑的脸膛，你会以为他已经是个老头，但实际上他只有四十岁。他也在铜矿里服过苦役。巴拉巴和他在那个地方一同度过漫漫时光，又得以一同成功地逃了出来。但是他不像巴拉巴恢复得那么快，依旧面容憔悴，骨瘦如柴，花白的头发和那张似乎被毒焰烤得焦干的脸，使他看起来格外形容枯槁，与他人迥然有别。巴拉巴虽然历经磨难，九死一生，可是沙哈却似乎更承受了一些巴拉巴未曾遭遇过的苦难。事情也的确如此。

其他的奴隶都对他们两人充满好奇，因为他俩居然得以从那种地方死里逃生，而通常一旦落入该地，谁也甭想活着出来，因此奴隶们都挺想探听他们的经历，但是探来探去都探不出个究竟。他们两人之间没见有什么交谈，看上去也不像有什么密谋，对此事却是守口如瓶，风声不漏。而两人又一副难舍难分的样子，真是让人好不纳闷。假如说他俩老是在吃饭和闲暇时待在一块，晚上背靠背共卧一张稻草床，那也只是在铜矿里曾经被铐在一起的缘故。

这种关系自两人乘同一条船由大陆而来时就确定了。奴隶们被

---

① 亚美尼亚：亚洲西部一古国，位于高加索山以南，即今亚美尼亚共和国一带。亚美尼亚人从4世纪起开始信奉基督教，由该民族宣教士米士罗布将《圣经》译成亚美尼亚文。该译本被认为是古代所有《圣经》译本中最准确者。

双双铐起来，于是被铐在一块的那两个人就永远成双成对在矿井深处卖命，谁也甭想跟自己的囚伴分开。两个人得同吃同睡同拉屎，日久天长对彼此的心事了如指掌，常常满腹怨气，动手撕打，不时无缘无故破口大骂，还不就因为被铐在了那该死的地底下。

可是这对难兄难弟相处得还算好，甚至彼此照应忍受煎熬。他们做苦工时不时说说话，用这种方式寻点乐子。巴拉巴倒是不大健谈，说话较多的是另外那个人，但是他乐意听。起初他们不谈自己，两人似乎都不大愿意；显然各自都有一些不想示人的隐秘，因此过了很长一段时间，彼此都依然生疏。

一天纯属碰巧，巴拉巴偶尔提到自己是希伯来人①，在一座叫耶路撒冷的城市里出生。沙哈听他这样说，顿时来了兴致，忙向他问这问那。他虽然从未去过那座城市，但对它似乎耳熟能详。到后来他问巴拉巴，是否听说过一位在那里传过教的拉比，一位许多人信奉的了不起的先知。巴拉巴当然明白他指的是谁，就回答说听说过那人。沙哈急欲了解个中详情，但巴拉巴避而不谈，推说自己知道的不多。他见过那人吗？是的，见过。沙哈对巴拉巴见过那人这一点尤为注意。过了一会儿之后，他又问巴拉巴，真的见过那人吗？巴拉巴不是很情愿地再次答道：见过。

沙哈停下手里的尖嘴镐，站在那儿，一副若有所思的样子，完全沉浸于冥想当中。所有的一切都变得如此异样，他简直就不敢相

---

① 希伯来人：犹太人的别称，也称以色列人。

信。矿井内面貌一新，举目所见皆与昨日迥然二致。他竟然跟一位见过上帝的人铐在了一块。

他正那么愣愣地站着，忽然感到监工的鞭梢嗖的一声抽在脊背上。一名工头刚好路过。他在如雨的抽打下蹲了下去，一面试图躲开鞭打，一面拼命挥动尖尖的铁镐。那个虐待狂好不容易才抽了个够，沙哈浑身是血，瘦长的身躯依然由于那顿鞭打而瑟瑟发抖。过了好长一阵子，他才复又开口说话。他一开口就问巴拉巴，他是怎样见到那位拉比的呢。是在圣殿还是在圣厅①？是不是在他讲述未来天国的时候？如果不是那又是在何时？巴拉巴起先不愿回答，但等到后来，他期期艾艾地说，是在各各他。

——各各他？那是啥地方？

巴拉巴说那就是他们将犯人钉死在十字架上的地方。

沙哈一阵沉默，垂下了双眼。稍后他轻轻说了一句：

——噢，是那时……

这是他俩头一次说到那个被钉死在十字架上的拉比。后来他们经常提及那人。

沙哈非常渴望听听有关那个人的事，尤其想听听那人说过的至理名言和显示过的神迹。他当然明白，那人已被钉死于十字架上，但他还是希望巴拉巴能跟他说点什么。

各各他……各各他……一个多么生疏的地名，可是那件事于他却又是那么熟悉。他曾经无数次听人说起过救世主被钉死在那里的

---

① 指耶路撒冷圣厅。厅里藏有约柜。

十字架上，听人说起过主死后有哪些奇迹发生。他问巴拉巴是否看见了被撕裂的圣殿帷幔，[①]还有山崩地裂乱石翻转——既然当时他在场，那他一定看见过啰？

巴拉巴回答说，虽然他并没有看见，但是那种事很有可能发生。

——那当然，连死人都从坟墓里复活了！他们从阴间复活，为的就是为他做见证，为他的神力和荣耀做见证！

——是的……巴拉巴说。

——他咽气时天地一片漆黑？

是的，巴拉巴目睹了那一幕。他目睹了黑暗。

尽管沙哈对那里是刑场非常失望，但听巴拉巴这么一说，他又感到异常快活。山崩地裂的情景和山冈上那个挂着圣子做祭品的十字架，仿佛就呈现在他的眼前。是的，救世主当然要受难而死，他这样做是为了拯救你我。虽然这听起来不大好懂，但事实就是如此。沙哈宁可想象他拥有那份荣耀，拥有他自己那个万物皆有别于人世的天国。他真希望这个跟他同锁一副镣铐的巴拉巴，还在其他地方见到过他，而不只是在各各他。世界那么大，他为什么偏偏只在那里见到他？

——你就在那个时候见到他，他对巴拉巴说，是不是有点儿怪啊？你为什么会在那里呢？

这次巴拉巴没有回答。

又有一次，沙哈问巴拉巴，难道就没在其他的时候见到过那人

---

① 据《圣经》记载，耶稣死时殿里的幔子从当中裂为两半。见《新约·路加福音》第23章。

吗。巴拉巴没有马上答话。稍后他说，那位拉比在衙门的大院里被宣判死刑的时候，他也在场。然后他把当时的情景叙述了一通，特意提到说，当时他看见了环绕那人的奇妙的光环。巴拉巴看见沙哈在听到光环时，露出一副欢喜不已的样子，便没再告诉对方，那仅仅是他乍从地牢里放出来，被阳光刺花了眼的缘故。何必要告诉对方呢？人家对此会不以为然——所有的人都会不以为然。他没有再提神迹发生的原因，结果沙哈听了却是如此着迷，一再要他多说几遍。沙哈满脸放光，连巴拉巴都为他的幸福所感染，两人似乎同时分享了那份欢乐。每当沙哈问及此事，巴拉巴就会把许多年前的那次奇遇复述一遍，如同那事恍若昨日，就在眼前。

后来有一次，他又向沙哈透露，说自己目睹过主的复活。不，不是说看见主从死里复活，谁都没有看见，是说他看见一名天神伸出如矛的长臂自天而降，身披一件火焰般耀眼的斗篷。矛刺直插墓洞与巨石之间，将巨石挑至一旁。这时他看见，墓洞里啥东西都没有……

沙哈出神入迷地听着，睁着一双无邪的大眼盯住对方。这可能吗？难道这个可怜巴巴的脏苦力真的看见了那一幕？在那个最最伟大的神迹发生的时刻，他真的在场？他是什么人？自己怎么会这么走运，居然跟一位与主如此亲近的人同戴一副脚镣？

沙哈为自己听到的这一切而无比欢欣，他感到该把自己的秘密吐露给对方了，不再需要隐瞒。他小心翼翼地朝四周看了看，确信没有任何人走来，然后悄悄对巴拉巴说，他要拿样东西给他看。他领巴拉巴凑近石壁上的一盏油灯，就着飘忽的亮光取出挂在脖子上的那块奴隶圆牌给对方看。所有的奴隶都挂着这样一块圆牌，上面刻着他们主人的印记。铜矿奴隶的圆牌上刻的是罗马帝国的记号，表明他们都归它所有。但是在沙哈的圆牌背面，可以分辨出几个奇特神秘的符号，两人都看不明白，不过沙哈解释说，这就是那个被钉死在十字架上的人，那个救世主，那个圣子的名字。

巴拉巴万分惊奇地瞧着那一道道 V 形刻痕，好像它们具有奇妙的含义。沙哈低声说，它们表示他属于圣子，他是圣子的奴仆。说罢要巴拉巴摸摸它。巴拉巴把它握在手心里，伫立良久。

有一阵子他们好像听见监工走了过来，结果并非如此。于是两人再次凑在一起细瞧上面的刻纹。沙哈说这些纹痕是由一位希腊奴隶刻上去的，那是一名基督徒，曾经对他说救世主和天国很快就要来临；正是那人教会了他这种信仰。沙哈是在炼铁炉那边认识他的，在那种地方一个人至多只能活一年。那个希腊人可没能活那么久，当他在酷热中咽下最后一口气时，沙哈听见他喃喃低语：

——主啊，不要抛下我。

那些人砍断了他的腿，这样取下脚镣就比较方便，然后把他扔进了炼铁炉。逢上这种事他们通常都这样处理。沙哈以为自己终将落得同样的下场，可是没过多久，一大群奴隶被送到了这里，因为这里更需要人手。他是其中之一。

如今巴拉巴明白，沙哈也是位基督徒，是上帝的奴仆。沙哈说完之后，两眼定定地注视着对方。

此事过后好几天，巴拉巴都一声不响，沉默少言。

后来他用一种怪怪的声音支支吾吾地问沙哈，是不是可以在他的圆牌上也刻下相同的符号呢。

沙哈求之不得，忙说可以可以。他不大明白那些神秘的符号，但可以依照自己的圆牌临摹。

两人寻找时机，待监工刚一走过，沙哈就凑近油灯，捡起一块锋利的石子努力凿刻那种符号。他那只手毫无实践经验，摹刻那些奇怪的线条吃力得很，但他竭尽全力，尽可能刻画得像一些。好几次因为有人路过，或者他们自以为有人路过，中途不得不停顿下来。后来好歹总算刻完了，两人都觉得倒还挺像。

两个人站着，默默地瞧着各自的圆牌，瞧着那些他们一无所知的神秘符号，尽管一无所知但他们却明白，那些符号意味着那个被钉死于十字架上的男人的名字——他们属于他。

忽然两人同时跪下，向他们的主，向那个所有被压迫者的救主和上帝热烈祈祷。

监工从老远的地方就看见他们正伏在那盏油灯前，可是他们是如此忘情于自己的祷告，对此毫无察觉。那监工呼啦一下蹿将过来，把他们两人揍了个半死。监工刚一走开，沙哈就扑倒在地，那家伙见状复又回身，用雨点般的抽打强迫沙哈起来。两个人互相拉扯着爬了起来，又接着干活。

这是巴拉巴第一次为了那个死于十字架上的人吃苦头，第一次为了那个胸口无毛，面色惨白，替代他被钉死于十字架上的拉比吃苦头。

岁月悠悠，黑夜漫漫。

要不是一到晚上，就被驱赶去与成千上万同样筋疲力尽的苦役犯一道卧倒睡觉，他们根本就分不清白昼，辨不明黄昏，只有到卧倒的时候，才明白又过去了一天。他们从来就不许爬出矿井，似无血的幽灵永生永世生活在暗无天日的阴曹地府，冥冥之中只有几盏飘忽的油灯和几堆时隐时现的火苗。井口一丝微弱的日光斜射进来，唯有在那儿可以仰望到些许可能是天空的东西。可是他们也见不到大地，见不到自己一度属于的人间。还是在井口，食物被用篮子和脏兮兮的饲料盆吊下来，他们就像畜生一样进食。

沙哈异常悲哀。巴拉巴不再跟他一道祈祷。在请求把救世主的名字刻上他颈脖上那块奴隶圆牌之后，他还祈祷过若干次，可是后来就再也没有祷告过。他变得愈来愈沉默，愈来愈古怪，简直让人无法理解。沙哈什么都不明白，这对他全然是一个谜。

沙哈仍旧祈祷如初，但是巴拉巴总是把头偏开，似乎连看都不想看一眼。他习惯于这样做，因为这样他就可以在对方祈祷时做点掩护，以防有人走过来；这样沙哈就可以专心致志地念祷词。他似乎很乐意协助沙哈祈祷，而他自己却又不那样做。

为什么呢？这是什么原因？沙哈茫然不知。这显然是一个谜，就如同巴拉巴自己也已经成了一个谜一样。他曾经以为自己对他无所不知，两人在这个地下世界，在这场共同的劫难中已经结成至交，尤其是在两人一同跪伏祷告的那段短暂时光里，可是忽然间他发现自己对对方其实所知甚少，简直就一无所知，尽管他是那么喜欢他。有时候他甚至感到，他身边的这个陌生人跟他格格不入。

他是谁？

他们仍旧相互说话，可是已经跟以前不大一样，每次说话的时候，巴拉巴总是把半个背留给他。沙哈再也看不见对方那双眼睛了。可是他何尝又真正看见过它们呢？现在回想起来——他真的看清过那双眼睛吗？

跟他铐在一块的究竟是个什么人？

巴拉巴再也不提自己的见闻。由此给沙哈造成的失落和空虚自不待言。他试图唤回那些记忆，试图让它们重现于自己眼前，然而却是徒劳。不是一回事了，怎么可能还是一回事呢？他不曾接近过那位爱世人者①，不曾为环绕于他的光芒所眩晕。他不曾见到过上帝。

他只好用往事来充实自己。那是一些他经由巴拉巴的双眼看见的往事。

他特别喜欢发生于复活节②早晨的那幕情景，那时身披火焰的天神呼啸而下，将主自地狱里救出。这幅图景如此真切地呈现于沙哈的眼前，他因此确信主已经毫无疑问自死里复活。主活着，而且如他所允诺的那样，很快就要返回人间建立起他的天国。对这一点沙哈没有丝毫疑虑。他坚信会有这么一天到来。到了那个时候啊，他们都将被召唤出矿井，所有疲惫而满怀渴望的人都将受到召唤。对，主会亲自站在井口边上，迎候鱼贯而出的众奴隶，为他们一一卸下脚镣，赐他们以自由。随后，所有的人都将升入天国。

沙哈渴望着这一天到来。每次喂食的时候，他都透过井口仰望

---

① 指耶稣。
② 复活节：据《马太福音》27 章和《路加福音》24 章记载，耶稣于受难后第三日复活。为纪念耶稣复活，教会设立了复活节。复活节的具体日期，东、西方教会定的时间有所不同，一般在每年的 3 月 22 日至 4 月 25 日之间。庆祝活动各地也不一样，通常以吃复活节彩蛋象征生命的复活。

上苍，看看奇迹是否已经发生。可是待在那种地方，根本就看不见世界上的事情，根本就不知道世界发生了什么。有多少人们想都不敢想的事情已经发生了啊。假使那样的事情真的已经发生，假使主真的已经降临，那么他们将定然有救。主一定不会忘记他们，一定不会忘记亲临这个人间地狱。

一次正当沙哈跪在凹凸不平的石地上喃喃祈祷时，发生了一件怪事。一个监工悄没声息地从他们背后挨近过来。那监工面孔陌生，刚来接替原先那个虐待狂，他走得那么轻，沙哈既没看到，也没听见。但是巴拉巴在昏暗中发现了他，当时他正站在做祷告者的身旁，不过自己并没有祈祷。巴拉巴急忙小声警告沙哈有人。

沙哈立刻住嘴爬了起来，连连舞动手中的铁镐。他做好了最坏的准备，提前缩紧身子，好似皮鞭已经抽在了他的脊背上。可是出乎两人的意料，皮鞭并没有落下来。监工停下脚步，只是态度温和地问沙哈，为什么那样跪着，这是怎么回事。沙哈结结巴巴地回答说，他这是在对自己的上帝做祈祷。

——哪个上帝？监工问。

待沙哈言毕，监工默默地点点头，好像是说他想也是这样吧。他开始询问那个被钉死在十字架上的"救世主"，他听说过那人，而且显然还做过一些思考。据说他让自己被钉死于十字架上，真是这样吗？他让自己像奴隶一样卑贱地死去，确有其事？虽然是这样，他却能够让人们像崇敬神那样崇敬他？不同寻常，确实不同寻常……他为什么被称作救世主呢？给神取这样一个名字可有点古怪啊……这个名字有什么意思呢？……是不是说他要拯救我们？拯救我们的灵魂？真怪……他干吗要那样？

沙哈竭尽全力进行解答。尽管这个学识不多的奴隶说得含混不清，缺乏条理，但那监工还是听得有滋有味。他不时会摇摇头，但总的来说，他在听着，好像真被那些简简单单的字眼儿吸引住了。

监工后来插话说，神祇多得很，也应当多点。一个人要想消灾免祸，应该为所有的神做牺牲才是。

沙哈答道，那个被钉死于十字架上者不要他人为他做牺牲，他只要人家做自我牺牲。

——你说什么？自我牺牲？这是什么话？

——呃，在大熔炉里牺牲自己，沙哈说。

——在大熔炉里？……

监工摇头。

——你真是个没头脑的奴隶，监工稍后又说，说的跟想的一样傻。这种想法何其荒唐！你是从哪里学来的这些傻话？

——一个希腊奴工那里，沙哈答道。他就曾经说过这样的话。我也不太懂他这样说到底是什么意思。

——当然啦，你肯定不会懂。谁都不会懂。自我牺牲……在大熔炉里……在大熔炉里……

那监工一边喃喃自语——说些什么他们不再能听清楚，一边消失于稀落安放的油灯之间的黑暗中，仿佛迷失于地球的深处。

沙哈和巴拉巴被这件突如其来的事情弄糊涂了。它来得如此出乎意料，两人都感到无从把握。那个人如何能出现于他们的面前？难道他真是一个平平常常的监工？怎么会那样呢？怎么会问起那个被钉死于十字架上的人，问起救世主？不，他们无法明白怎么会有这等事情，但同时又为发生了这等事情而暗暗高兴。

事后每当那监工打这儿路过，总要停下来跟沙哈说上几句，但从不与巴拉巴搭腔。他让沙哈多讲讲自己的主，讲讲主的生平和神迹，还有什么我等众人须彼此相爱之类的奇怪教义。一日那监工说道：

——我一直在考虑信奉这个神。可是这怎么能行呢？我怎么能去信奉这样古怪的东西呢？要知道我可是一个管奴隶的工头，如何能去崇敬一个被钉死于十字架上的奴隶？

沙哈回答说，他的主只是让自己像一个奴隶那样死去，而实际上他自己却是神。对，唯一的神①。一个人一旦信奉了他，就再也不会去信奉其他。

——唯一的神！却像奴隶一般被钉死！真是狂妄至极！你是说这世上只有一个神，而人们却把他给钉死在十字架上？

——对，沙哈说，正是这样。

监工瞪着沙哈，惊讶得合不拢嘴。他如往常那样摇了摇头，消失于漆黑的巷道中。

两人站着，注视着监工的背影。只见他在下一盏油灯的光亮中闪了一下，便不见了影踪。

但那监工依然在思索那个来历不明的神，他听到的越多，那

---

① 希伯来人心目中的上帝原只是上古中东诸神中的一个。摩西率众出埃及时，上帝与摩西在西奈山立下十诫。十诫规定："除我之外，不可有别的神。"由此确立了上帝为希伯来人唯一神的地位。亡国之后，随着犹太人流落世界各地，希伯来人的神与希腊哲学相结合，成为基督教的上帝。

神就变得越不可捉摸。假如他真是唯一的神，那就是说要对他而不是对其他的神做祈祷啰？也许唯有一个力大无穷的神可以主宰天和地，可以将其教义散播于普天之下，甚至散播到地下的这个地方？一种无人知晓的奇特教义？"彼此相爱……彼此相爱……"……不，谁又能够明白？……

他在两盏油灯之间的黑暗处停了下来，以便自个儿好好想想。忽然仿佛一道灵光划过脑海，他知道自己该怎么做了。他要把信奉怪神的那个奴隶领出矿井。在井里人人最终都免不了屈辱而死。他要让那个奴隶去干些其他的活，在阳光下干些其他的活。他并不明白那个神，对那神的教义也不甚了了；对他来说，要想领会那些教义实非易事，但他会竭力为之。他感到这似乎是那神的旨意。

他上到地面，就去找主管地面奴隶的工头，那些奴隶在地面上归铜矿所有的农田里干活。工头那张气色顶好的农夫的脸孔上，有一只粗俗的大嘴。他一明白是怎么回事，马上就表示不以为然。他才懒得去管井底下的那帮奴隶呢。实际上，他倒是需要人手，特别是此时正值春耕时节。每逢这个时候，拉犁的公牛总是不够。可是矿井里的那些家伙他才不想要呢。那些家伙简直就是废物，一点气力都没有，就是跟其他奴隶搭档，也干不了什么活。他们还想上来干吗呢？

可是后来工头还是被那年长的监工说动了，后者具有一种不达目的死不罢休的奇怪力量。于是监工又下到井底。

第二天他又跟沙哈谈起他的神，时间之长大大超过以往。接着他把自己的安排告诉了对方，要沙哈到井口的卫兵那里去，卸下脚镣，跟自己的囚伴分开，之后他将被带出矿井，到另一个人手下干活。

沙哈望着他，不敢相信自己的耳朵。此话当真？监工说当真。还说这正是沙哈的那个神的旨意，神借此表明他的意愿可以实现。

沙哈用双手捂住胸口，默默地站了好久。可是等到开口时，他却说，他不想跟自己的囚伴分开，因为他俩侍奉共同的神和共同的信仰。

监工看看巴拉巴，诧异莫名。

——共同的信仰？他？可他从未像你那样跪下祈祷呀！

——是没跪下，沙哈答道，显出没有什么把握的样子。也许是这样，但他以别种方式亲近主，主在十字架上受难而死的时候，他就站在近旁。有一次他还看见主身上有一轮光环，看见带火的天神挑开墓洞口的石块，让主自地狱里复活。正是他打开了我的眼界，让我看到了主的伟大。

监工迷惑不解地摇摇头，一副不以为然的样子。他瞟了一眼巴拉巴，瞟了一眼眼眶下面有一道伤疤的那个男人，那人总是躲着别人的目光，就连现在站在那儿，眼光也是飘忽不定的。他也属于沙哈的神？不可能吧？他对巴拉巴可没有什么好感。

他并没想过把巴拉巴也弄出矿井。但是沙哈又说了一遍：

——我不能跟他分开。

监工从眼角斜睨巴拉巴，嘟嘟囔囔地自言自语着什么。后来他终于很不情愿地答应遵从沙哈的愿望，让他们两人仍旧像以前一样成双成对，形影不离。言毕，他就自个儿走开了，一副郁郁不乐的样子。

　　沙哈和巴拉巴按指定的时间来到卫兵跟前，两人被卸掉脚镣，带出了矿井。一踏进暖融融的阳光中，看见春天的太阳照耀在飘满薰衣草和桃金娘芬芳的山冈上，看见脚下山谷绿茵茵的田野和天边的大洋，沙哈就禁不住双膝下跪，欣喜若狂地喊道：

　　——他来啦！他来啦！看哪，这就是他的天国啊！

　　来领他们的工头见沙哈跪下，惊讶莫名。他踢了沙哈一脚，叫他快起来。

　　——走啊你。工头嘟哝了一句。

第十二章

他俩对套上挽具一同犁田感到得心应手，因为多年结合在一起，彼此已经像一对骡子一样配合自如。两个人都形容憔悴，只剩下一把骨头，而且还被剃了阴阳头，因此自然就成为其他奴隶的笑料；人家只要看一眼就猜得出他们是从何处而来。不过两人当中的一个很快又恢复了体力，他[①]天生一副硬朗的身子骨。没过多久他们就干得得心应手。工头对这两个人挺满意，考虑到他俩是井底的囚犯，他们干得还不赖。

沙哈和巴拉巴对所发生的这一切心怀感激。虽然每天都要起早摸黑像公牛一样翻土犁田，但跟从前比起来还是大不一样。只要能生活在天空下，只要能呼吸上纯净的空气，世间的一切就美妙无比。尽管瘦弱的身体汗水涔涔，尽管依旧如以前一般被唤作畜生，可是沐浴着暖融融的阳光，他们感到无比欢畅。皮鞭还是像在井底时那样在他们背上叭叭作响，尤其是抽在沙哈的身上，因为他不像巴拉巴那样强壮。但不管怎么说，他们总算像以前那样过上了生

---

① 指巴拉巴。

活；他们如其他生灵一样生活在大地上，而不是生活在漫无边际的黑暗中。晨曦和晚霞交替过往，白昼与黑夜轮换转移，他们陶醉于眼前的美景，深知其中的欢乐。然而，他们也明白，上帝的天国还不曾到来。

其他奴隶渐渐改变了对他俩的看法，不再把他们当畜生看。两人的头发也长长了，变得与大伙儿一个样，因此也就没那么惹眼。他们之所以让人另眼相看，倒不是因为当过铜矿里的囚犯，而是居然能从那必死无疑的地狱里逃生出来。实际上，正是这一点，从一开始就引起了众奴隶的好奇，还有一点不由自主的钦羡，尽管谁都不愿承认。奴隶们想从他俩嘴里套出一点什么，弄清楚到底是怎么回事，但未能成功。这两个新来的人寡言少语，似乎不愿多提那件奇迹，总是怪怪的样子，多半形影不离，离群索居。

其实现在他们大可不必这样。两人已不再被铐在一起，如果愿意的话，完全可以另交一些狐朋狗友，不必整天成双成对地同吃同睡。可是他们还是厮守在一起，总是比肩而行，一副割舍不断的模样。更为奇怪的是，两人互相之间变得羞怯起来，交谈也比以前更为困难。表面上形影相伴，实际上貌合神离。

干活时当然得并肩拉犁，但是别的时候呢，他们也不愿跟其他奴隶厮混在一起。一旦明白这一点，也就不难理解他们为什么终日落落寡合，远离他人。他俩已经如此习惯于结伴而行，如此习惯于那副已不复存在的无形的镣铐，每当夜半惊醒时发现两人没被铐在一起，就会惊惶失措，直到曙色照进屋内，看清自己依旧如以前一样与对方相伴而眠，这才略略松了一口气。

怎能想象巴拉巴竟然这样活着！这种事竟然会发生在他身上！这简直是世界上最不可想象的事。如果说有谁最不适合于跟别人拴在一起，那必定就是巴拉巴无疑。然而，尽管有悖于他的意愿，他还是被拴上了，而且用的是一条铁链。虽然链条如今已不复存在，但他还是摆脱不了它的羁绊：没有它，什么事情都干不成。而他曾经费了那么大的劲，苦苦挣扎试图甩掉它……

可是沙哈却不然。恰恰相反，他为两人之间的关系已大大不同于以前而深感悲哀。为什么就不能像过去那样了呢？

两人从来不提及如何被奇迹般地救出井底，救出地狱。开头一两天还说了几句，往后就避而不谈，守口如瓶。沙哈后来说，他们是被圣子所救，是被那个人人的救主所救。是的，他们是……他们当然是……可是实际上，被救世主所救的，被圣子所救的是沙哈，而巴拉巴是被沙哈所救。难道不是吗？难道不是这样？

嗯，这事还真不好说呢。

巴拉巴当然会因为得救而感激沙哈。可是他感激上帝了吗？他感激了吗？是啊，他应该感激才是吧？可是谁又能知道呢？谁也不知道。

沙哈为自己竟然对巴拉巴如此不了解感到伤心，要知道他对巴拉巴是多么一往情深啊。两人再也不能像在井底下时那样，像在地狱里那样共同祈祷，这深深地伤害了他。他是多么喜欢那样啊。但他丝毫也没有责怪对方。他只是不明白。

巴拉巴身上有那么多让人纳闷不解的地方。但不管怎么说，是他目睹了救世主死去，之后又从死里复活；是他目睹了环绕主的光环。虽然后来两人再也没有提起过那些……

沙哈感到伤心，但不是为了自己。白发下面那张憔悴黝黑的脸被炼铁炉的火星溅满了伤疤，瘦削的躯体上布满了密密的鞭痕，但他并不为自己感到悲伤。相反，他感到自己无比幸福。尤其是现在，在经历了主为他显示的那幕奇迹之后。主领他来到这里，来到温暖如春的阳光下，来到连主都为其美丽而惊叹的百合花①丛中。

主为巴拉巴显示了同样的奇迹，可是巴拉巴却对重新呈现于自己眼前的世界投去冷眼，谁也不知道他在想些什么。

这就是初到这里时，两人之间的微妙关系。

春耕结束之后，他们又被遣去踩辘轳。这活得赶在盛夏来临，庄稼还未被烤干之前就开始进行，同样让人精疲力竭，不堪劳累。夏天一过，秋收在即。②他们又被送至磨坊。那磨坊是罗马总督官邸旁边的一栋房屋，像那样的房屋比比皆是，不计其数，环绕于官邸周围，跟当地脏兮兮的小村寨一道，以码头为中心形成一座小商埠。他俩就这样来到了海边。

就在这里，在磨坊里，他们遇见了那个独眼的小个子男人。

那人也是奴隶，剪着小平头，体格壮实，苍老的脸上嵌着一只皱缩的嘴。他的一只眼贼溜贼溜的，另一只眼则因为偷了几蒲式耳③面粉而被人用大拇指抠掉了眼珠子。也还是因为那几蒲式耳面

---

① 在《圣经》中，百合花是美好的象征。如："我必向以色列降甘露，他必如百合花开放。"（《何西阿书》第14章）又如："我是沙仑的玫瑰花，是谷中的百合花。"（《雅歌》第2章）
② 基督徒经常以夏天喻指痛苦和煎熬。犹太先知耶利米面对民众祭拜邪神，骄奢淫逸，曾发出悲叹："麦秋已过，夏令已完，我们还未得救。"见《耶利米书》第8章。
③ 蒲式耳：容量单位。一蒲式耳约等于36升。

粉，他的颈脖被卡上了一块大木枷。他负责往麻袋里填面粉，然后扛进仓库，这种单调的活计跟他那鼠目贼眼的外表一样不起眼。可是从某种意义上说，他又比大多数人更让人不放心，每当他一出现，周围的人就会有不自在和不安全的感觉。他在场还是不在场，大伙儿都心中有数，甚至连头都不用回，就能感觉到那只独眼的注视。很少有几个人正视过那只独眼。

对那两个新来的人，他根本没放在眼里，甚至都懒得正眼瞧瞧。其实他已冷笑着注意到，那两个人被派去推那台最笨重的石磨。谁都不可能看见他的冷笑，不可能看见那只皱缩的嘴冷笑的样子。共有四台石磨，每台由两个奴隶推拉。推磨本来是驴子的事，但是这儿牲口比人还少，人可是应有尽有，况且喂养起来还便宜些哩。

沙哈和巴拉巴倒觉得，和以前比较起来，这儿的伙食分量可真叫足啊，除了活儿没少干，其他待遇可比矿里好多啦，监工待他们还真够好的；那人牛高马大，懒散成性，整天背手执鞭踱过来踱过去，却极少用它。唯一尝过他皮鞭滋味的是一个老年盲奴，那老头已气息奄奄，只剩一口气了。

因为长年累月堆陈面粉，磨坊内十分洁白，墙上和地上，还有天花板上的蜘蛛网，都沾着白色的粉末。四台石磨一齐转动时，屋子里粉尘飞扬，隆隆作响。除了那个独眼小男人，所有的奴隶干活时都一丝不挂，独眼男人缠了一块麻袋布遮着，像耗子似的在磨坊里窜来窜去。脖子上那块木枷让人感到他已经被夹住了，但又稍稍挣脱了一点点。虽然木枷碍手碍脚，但是据说只要仓库里没人，他就偷吃麻袋里的面粉。而且据说他这样做不是出于饥饿，而是表示不屈。其实他也知道，一旦被逮住，他就要被剜掉另一只眼珠，被撵去推拉石磨，就像那垂死的老盲奴那样——那份活儿足可把他累死。一想到这样的前景，他内心就充满了黑暗般无边的恐惧。他总有一天会被再次逮住，而等待他的就将是这种结局。但是这种说法究竟有几分可信，谁也说不清。

是的，他对那两个新来的人并不特别感兴趣。他暗中观察他俩，就像暗中观察所有其他的人那样，等着瞧会有什么事情发生。他对他俩倒也没有什么特别的恶意。没有。他听说过，那两个人是从井底上来的囚徒。这种人他以前从未见识过。但是他对井底的囚犯也没有什么特别的恶意。他对任何人都不存恶意。

既然他俩在铜矿里待过，那肯定就是阴险歹毒的罪犯了，虽然其中有个人看起来倒是不太像。[①] 相比之下，另外那个就太像了，而且很明显地老是想掩饰自己，生怕被人识破。那人是个小人，而他的伙伴是个傻蛋，可他们是怎么从矿里脱逃出来的呢？怎么居然逃出了地狱？是谁帮了他们的忙？这事有点蹊跷。不过这又关他屁事。

一个人只要有足够的耐心等待，就总会把事情弄个明白，真相就总会以这样那样的形式呈现出来。或者这样说吧，最能说明事情的，还是事情本身。当然，这得时时察言观色才行，而他恰恰正是这样的人。

因此，他发现了那个长着一对巨大牛眼的瘦高个，夜夜都跪在

---

① 当指沙哈。

黑暗中祈祷。他为什么要那样做？当然，他是在对一位神做祷告，但那是哪一位神呢？一个人用那种方式为之祈祷的，该是一位什么样的神呢？

独眼人虽然从未想到做祷告，但对形形色色的神都了如指掌。平常一有什么念头闪过脑瓜，他也会如其他人一样，跑进自己所属的圣殿，跪在自己的偶像前念叨几句。但是这个瘦高个所祷告的神，据他看来，就在黑暗中那人的面前。那人跟那神交谈的方式，就好比是在跟一个活人交谈，就好比那活人正在倾听。这真是太让人奇怪了。他能听见黑暗中传来喃喃低语，还有恳切的祷告声，可是谁都看得清楚，那里根本就没有神。一切纯属凭空想象。

对于根本就不存在的东西，当然谁都不会感兴趣，但是发现那事之后，独眼人开始不时与沙哈套套近乎，想弄清楚那个不同寻常的神。沙哈则尽其所能讲给他听。沙哈说他的神无处不在，甚至在黑暗中都能见到。你可以随时随地呼唤他，并感到他出现在你的眼前。为什么呢，因为你能感觉到他就在你的心中，那是最最让人快乐的了。独眼人说了一句：你拥有的主的确非同寻常。

——是的，真是这样，沙哈说。

独眼人似乎在思索适才听到的那番话，思索沙哈那位看不见摸不着，但却威力无比的神。后来他问，是不是就是那个神帮助他们逃出了矿井？

——是的，沙哈说，正是。

沙哈接着又补充说，那是所有被压迫者的神，他将卸掉所有奴隶的镣铐，让他们获得自由。沙哈正好想趁此宣讲自己的信仰，而且他看得出来，对方也正盼望着听他说说。

——哦？独眼人哼了一声。

沙哈由此更进一步断定，这个不招人喜欢而且被剜掉一只眼珠的小个子奴隶，确实想听听有关救世主的事，而由他来向对方宣讲正是主的旨意。他于是尽其所能向对方讲解。但是巴拉巴侧目而视，一副不以为然的模样。

后来有一天黄昏，两人放工后坐在一台石磨上，沙哈让独眼人看了自己的秘密，就是那块奴隶圆牌背面的那几行刻痕。事情之所以会这样，是因为独眼人问起那个不可知的神的称谓——如果可以说出来的话。沙哈于是就告诉了对方，为了证明他的主的力量和伟大，他又让对方看了表示那个圣名的那几行神秘符号。独眼人怀着极大的兴趣端详那些符号，倾听沙哈叙述那个希腊奴隶如何凿刻这些符号，又如何向他讲解那一笔一画中所包含的含义。一个人怎么可能认得神的记号呢，真是不可思议。

沙哈又看了一眼那些符号，然后把圆牌翻过来贴在胸前，幸福地说他是神的奴仆，他属于神。

——哦。独眼人又哼了一声。

过了一会儿，独眼人问，另外那个从井里上来的人，是不是也在自己的奴隶圆牌背面刻上了这些符号。

——是啊，那当然啦，沙哈回答。

矮个男人点点头哦了一声，好似恍然大悟。而实际上他倒是很怀疑他们是否拥有相同的信仰和相同的神，因为那个眼眶下面有一道疤的犯人从未祈祷过。两人继续聊了一会儿那个奇怪的神。在这次沙哈认为使彼此的关系变得亲密无间的交谈过后，他们又谈过好几次。他满怀信任将自己的秘密告诉了那个人，而且确信自己是受主的感召这样做的。

一天早上，监工忽然通知说，沙哈和巴拉巴要在当天的某个时候被传唤去见总督。磨坊里顿时响起一片惊呼声。要知道这等事情以前从未发生过，那监工执掌了这么多年皮鞭，也从未遇见过这样的事情，他像所有的人一样惊诧莫名，同时也对即将发生的事情感到惴惴不安。两个可怜巴巴的臭奴隶竟然可以去见罗马总督！监工一想到要给他们领路，就感到忧心忡忡，因为在此之前，他还从来没有踏进过那位权势赫赫的主宰者的府邸。不过他似乎跟这件事并没有什么牵连，只是给他们带带路而已。

到了指定的时间，他们出发了。磨坊里的所有人都直起了腰，注视着他们远去的背影，甚至连那个形同耗子，因为长着一只干瘪的嘴而无法发笑的小个子奴隶，也站了起来，睁着那只独眼目送他们远去。

如果由沙哈和巴拉巴自个儿走的话，他们甭想走出那些小街小巷。他们在那些小街小巷里压根儿就不认识路。两人紧紧跟住监工，像以前一样形影不离，仿佛又被脚镣拴在了一起。

来到高大的官邸前面，他们被一位健壮的黑奴迎进雕饰花纹的一排木质拱门。那黑奴的脚上戴着一副连接门柱的镣铐。他示意他们往前厅方向走，然后交由一名值勤官将这一行人领走。值勤官带他们穿过阳光灿烂的庭院，走进一间门洞敞开的中等大小的屋子。

他们这才发现，自己已经来到了那个罗马人跟前。

三人见状扑通一声倒地便拜，不住地照监工再三吩咐过的那样用额头触叩地面。但是沙哈和巴拉巴却觉得，在一个人面前如此卑躬屈膝实在可耻，那罗马人也不过只是一个人而已。要不是听见吆喝声，他们还不敢起来。那罗马人在屋子里头，背靠一把椅子坐着。他抬手让他们走近点，于是这几个人犹豫着朝前挪了几步，渐渐壮起胆子抬头看他。

那罗马人大概六十多岁的样子，体格魁伟，脸庞丰满而不松弛，下巴宽阔，那张嘴一看就知道是天生用来发号施令的。眼睛呢，敏锐而富于洞察力，但还算友善。说来也够奇怪的，他身上并没有什么让人害怕的地方。

他先问那个监工，这两个奴隶的品行如何，他对他们是否满意。监工结结巴巴地说还算可以吧，但为安稳起见，又补上一句，说他对他们一贯都严加看管。谁都不清楚那个高贵的主人①是否欣赏他这种说法，只见他瞅了一眼监工肥肥胖胖的身体，略微做了个手势叫他退下——他可以走了。监工看来正求之不得呢，马上就退了下去；慌乱中他显得如此没有教养，几乎没对他的主人说几句客套话，就一走了之。

罗马人转向沙哈和巴拉巴，开始询问他们是哪里人，因为犯了哪条罪而服苦役，又如何从矿井里出来，是谁安排的，等等，说话的声音非常慈祥。问着问着他站了起来，朝他们走过去。看见他如此高大，沙哈和巴拉巴满脸惊异。他走到沙哈面前，拿起他的奴隶

---

① 指罗马总督。

圆牌，瞧着上面的印戳，问沙哈是否明白那是什么意思。

沙哈回答说那是罗马帝国 [①] 的印戳。总督点头表示赞许，说你说得很对，这表示你归帝国所有。言毕他又把金属圆牌翻转过来，瞧着背面那几行神秘的符号，一副兴味盎然的样子，丝毫也不感到意外。"基督耶稣 [②]……"他念道，沙哈和巴拉巴对他居然能读懂那些符号，居然能辨识神的圣名而暗暗称奇。

——这是谁啊？罗马人问。

——我的神。沙哈的声音有点发抖。

——啊哈。我倒不记得以前听说过这么个神。现在的神也太多了，也不可能全都记得。是你老家的神吗？

——不，沙哈答，是人人的神。

——人人的神？你是这么说的吗？这倒挺不错啊，可是我怎么就从来也没听说过他呢。他大概不大喜欢抛头露面，我没说错吧。

——是的。沙哈说。

——人人的神。那么说他还挺有能耐的啰。可是他的能耐何在呢？

——在于爱。

——爱？……哦，当然挺好。不管怎么说，这不关我的事，你爱怎么想就怎么想吧。但是你得告诉我，为什么把他的名字刻在自

---

① 罗马帝国在图拉真统治时期版图最大，西起西班牙和不列颠，东达"两河流域"，南自非洲北部，北迄多瑙河和莱茵河一带，为其全盛时期。下设若干行省，并派驻总督。
② 基督耶稣：此处为希腊文。也称耶稣基督，是基督徒对耶稣的尊称。"基督"（Christos）是从希腊文音译而来，相当于希伯来文"弥赛亚"（救主）。原指上帝敷以圣膏而派其降世的救世主。基督教产生后特指耶稣。

己的奴隶圆牌上？

——因为我属于他。沙哈答道，声音又有些颤抖。

——真的吗？属于他？你怎么能这么说？难道你不像这块印戳表明的属于帝国？难道你不是帝国的奴隶？

沙哈无言以对。他站着，双目低垂。

那罗马人又发话了，声音还不算很严厉。

——你必须回答。我们得把这个问题弄个清楚，明白吗？你属于帝国吗？现在回答。

——我属于主，我的神。沙哈答道，没有抬头。

总督站着，看着他。他抬起沙哈的下巴，直视那张焦黑的脸，那张被大炼炉烤得焦黑的脸。他就这样看着，一句话也不说。过了一阵子，他感到自己已经看见了想要看见的东西，就松开了对方的下巴。

他来到巴拉巴跟前，一边同样将他的奴隶号牌翻转过来，一边问：

——你呢？你也信这个博爱的神？

巴拉巴沉默不语。

——回答我。信吗？

巴拉巴摇了摇头。

——不信？那为什么把他的名字刻在你的号牌上？

巴拉巴依旧不语。

——他不是你的神？铭文上不是这样写的吗？

——我不信神。巴拉巴终于开口说，声音小到几乎听不见。

但是沙哈和那个罗马人都听见了。沙哈朝他投去一瞥，那目光是如此绝望、痛苦而震惊，巴拉巴没有接触对方的眼睛，就已经感到它穿透了他，直刺他内心最隐秘处。

　　那罗马人似乎也吃了一惊。

　　——这我就不明白了，他说，那你为什么把"基督耶稣"几个字刻在自己的号牌上？

　　——因为我很想信，巴拉巴回答，没有抬头看身边的两个人。

　　罗马人看着他，看着他那张伤残的脸，看着他眼眶下方的那道疤痕，还有那张紧闭的大嘴。那张嘴依旧显示出某种力量。那张脸上毫无表情，如果像抬起另外那个人的下巴那样抬起这个人的下巴，不知道能不能看出一些什么，罗马人对此没有把握。况且，面对这个人，他也不想伸手去抬他的下巴。为什么呢？他不知道。

　　他又朝沙哈转过身。

　　——你知道你说这话意味着什么吗？你是否知道这意味着你是在违抗恺撒①？你难道不知道他也是神？你难道不知道你属于的是他，你脖子上挂着的是他的印戳？你说你属于另一个不可知的神，把他的名字刻在了圆牌上，以此表明你不属于恺撒，而是属于他，是这样吗？

　　——是的，沙哈回话时声音有点喑哑，但已不像先前那样发抖。

　　——你坚持这样想？

---

① 恺撒（约前100—前44）：古罗马统帅、政治家和作家。公元前60年与庞培、克拉苏结成同盟，征服高卢（法国）全境，越莱茵河攻袭日耳曼，并渡海侵入不列颠。后建立独裁统治，被共和派贵族密谋刺杀于宫庭内。后来"恺撒"一词渐渐演变为罗马皇帝和西方君王的尊号。在《新约》中则泛指罗马皇帝。

——是的。

——你知道这样想会有什么后果吗？

——是的，知道。

罗马人不再说话，脑海里浮现出这个奴隶的神。其实，他近来已多次听人说起过那神，说那个耶路撒冷的疯子竟然让自己像奴隶一般死去。"打开一切锁链"……"上帝的奴隶，将由他来解救"……显然，这种教义并非无害……眼前的这种面孔，没有哪个工头看见了会喜欢……

——如果你放弃自己的信仰，就不会惹什么麻烦，罗马人说，你愿意吗？

——我不能。沙哈答。

——为什么不能！

——我不能背弃我的神。

——真是个怪人……你必须明白你这是在迫使我给你定罪。你真有这个勇气，愿为你的信仰去死？

——这不是我能决定的事。沙哈平静地说。

——这话听起来可算不上勇敢啊。生命对于你是不是很可贵？

——是的，沙哈答，很可贵。

——可是如果你不抛弃你那个神，就谁也救不了你。你将失去生命。

——我不会失去主，我的神。

罗马人双肩一耸。

——那我就无能为力了。说着他走回方才他们进来时，他坐过的那只椅子。

他拿起一柄小象牙槌，敲了敲大理石的桌面。

——你跟你那个神一样古怪。他像是自言自语，又补上一句。

在等候卫兵进来的当儿，总督走到巴拉巴跟前，将那块奴隶号牌一下翻过来，抽出自己的短剑，用刀尖刳掉"基督耶稣"那几个字。

——既然你不信奉他，那就没有必要再留在上头。他说。

罗马人这样做的时候，沙哈一直盯着巴拉巴，那灼灼的目光如火焰般烧烤着他，让他终生难以忘怀。

沙哈就这样被卫兵带走了，独剩下巴拉巴留了下来。因为他表现得还算知趣，总督夸奖了他一通，并且表示愿意因此而奖赏他，说他可以去找这儿的奴隶领班，换一份好点儿的活计干干。

巴拉巴马上瞟了对方一眼。罗马人发现他的眼神其实还是富于表情的，只是那种表情并不伤人，仇恨在里面微微颤动，犹如一支永不射出的毒箭的箭镞。

巴拉巴就这样听从总督的吩咐，留了下来。

第十三章

　　沙哈被钉上十字架的当儿，巴拉巴躲在相距不远的木芙蓉灌木丛后面，这样被钉在十字架上的朋友就看不见他。不过沙哈在此之前已经饱受酷刑，即便看见他也未必还能认出他来。这种做法已成惯例，只是手下的人以为总督忘了下令而已。而实际上总督并没有这层意思。当然他也没有想到给部下相反的指令。因此为了稳妥起见，他们还是按照惯例行事。至于这个奴隶由于冒犯了哪一条而被定死罪，那他们可管不着，也懒得去管。他们只管一次又一次地干同样的事。

　　沙哈的脑袋又被剃成了阴阳头，苍苍白发上沾着斑斑血迹。他的脸上一点表情也看不出来，真的。但是巴拉巴是如此了解那张脸，他知道如果它还能有表情的话，那将会是一种什么样的表情。巴拉巴自始至终圆睁一双燃烧的大眼盯住那张脸。如果说巴拉巴的眼睛也有燃烧的时候，那么无疑正是此时。他同时也盯着那具瘦削的躯体；即使他不忍看下去，此时也移不开目光，何况他压根儿就没有移开目光的想法。那具躯体是那么瘦弱而单薄，你根本无法想象它怎能犯下什么罪。他的胸前，条条肋骨凹凸分明，上面烙着帝国的印戳，表明这是一桩重大叛国案。与此同时那块奴隶圆牌则已被取下，因为那块金属玩意儿多少还值几个钱，也因为它已不再有用处。

刑场设在城外的一座小山丘上，下面东一簇西一簇地长着一些矮树和灌木丛。表现良好的巴拉巴就站在其中的一丛矮树背后。除了他和负责行刑的那几个人，附近连一个人影儿都没有，没人想到前来目睹沙哈就戮。平日执行死刑时，总会招来一大帮人围观，尤其是如果犯人犯下的是滔天大罪的话。可是沙哈既未杀人也没放火，什么坏事也没做，更何况根本就没谁认识他，根本就没谁晓得他为何而被处此极刑。

又是春光明媚的时节。恰好正是在这样的时节，他们从井底逃生出来，沙哈双膝下跪，欢呼"他来了！"。大地繁花似锦，芳草萋萋，甚至连行刑的山冈，也开满了娇艳的花儿。阳光照耀着群山，照耀着不远处的海面。此时当值正午时分，热浪灼人，一有谁从肥沃的山坡上走过，便会惊飞大群的绿头苍蝇。它们爬满了沙哈的身体，他已无力抖落它们。是的，沙哈的死既谈不上伟大，也谈不上激动人心。

因此巴拉巴如此动情就更显得不同寻常。但他确实如此。他睁着双眼注视着这一切，铭记住每一个细节——从额头和凹深的腋窝滚落而下的汗珠，烙着帝国印戳的起伏的胸脯，还有无人理睬的大群蝇虫。那颗头颅耷拉着，那个垂死的人发出重重的呻吟，巴拉巴从自己站立的地方，就可以听见每一声喘息。

他也急促而沉重地直喘粗气，嘴也像上面他朋友的那张嘴一样，半张半合。他甚至感到自己很渴，就像另外那个人肯定会感到的那样。你也许会不解巴拉巴怎么会有这样的感觉，那是因为曾经有那么漫长的时光，两人戴过同一副镣铐。他感到自己和那个被钉在十字架上的人，又一次被冰凉的铁索锁在了一起。

沙哈试着想说句什么，好像有什么话想说出来；可能是想说渴，但无人能听懂。巴拉巴尽管竖起了耳朵，也没能听明白是什么意思，况且他站的位置又那么远。他本可以奔上山坡，奔至十字架下面，大声呼唤他的伙伴，问他想要什么，问他能为他做点什么——还可以为他赶走那些大苍蝇。但巴拉巴没有那样做。他只是站着不动，躲在矮树丛后面，无所作为。他只是自始至终睁着灼人的双眼，凝视着那个人，嘴巴因为对方的痛楚而张大。

没过多久就可以清楚看出来，那个被处以十字极刑的人已经不再剩下几口气。他的喘息声愈见微弱，从巴拉巴站的地方已经不再能听见，胸膛也几乎不再起伏。又过了一阵子，一点动静都没有了，可以看得出来沙哈已经断气。

黑暗没有降临世间，也没有任何奇迹发生，沙哈就这样平静而安详地咽了气。旁边等候他死去的那几个人根本就没注意到，他们如很久以前的那次 ① 一样，在玩他们的掷骰子游戏。但是这一次，他们可没被吓一跳，也没有因为吊在十字架上的那个人已经死去而丧魂落魄。他们甚至根本就没注意到他已经死了。唯一注意到这一点的是巴拉巴。当他明白是怎么回事后，就大喘了一口粗气，双膝

---

① 指在各各他把耶稣钉死在十字架上。

落地，好像祈祷一般。

真怪啊……如果沙哈活着看到了这一幕，他该何等幸福。可惜他已经死了。

但是巴拉巴虽然跪了下来，却并没有祈祷，他没有谁可以祈祷。他只是就那样跪着。

后来他用双手捂住胡髭发白的伤残的脸，好像要哭。

这时一个大兵忽然骂了一句脏话，发现那个被处以十字极刑的人已经没气了，剩下要做的就是把那人放下来，然后打道回府。于是他们就把他放了下来。

这就是沙哈被钉死在十字架上时，无罪的巴拉巴目睹的全部过程。

第十四章

　　总督卸职回罗马安度晚年时，已经聚敛了一大笔财产。这笔财产比该岛任何一位前任统治者聚敛的都要多。但同时他在掌管铜矿和整个行省期间，又向帝国上缴了前所未有的利润。数不胜数的工头和奴隶监工以自己的责任心，还有严厉甚至残酷的手段为这项功绩做出了贡献。正是由于有了他们，才有可能开发当地的自然资源，才有可能最大限度地向当地的居民和奴隶索要财富。

　　他自己并不残酷。残酷的是他的统治，而不是他本人。假如有谁指责他残酷，那只说明那人无知，说明那人并不了解他。在大多数人眼里，他是个近乎虚构的不可捉摸的人。成千上万在矿井下和烈日灼烤的犁耙旁苟延残喘的奴隶，在听到他要走的消息时，无不谢天谢地，欢喜不已，他们天真地巴望着新的统治者将会仁慈些。而总督本人呢，在离开这座美丽的岛屿时，内心却是充满了忧伤，一副难以割舍的模样。他毕竟在这儿过得无比快活。

　　这位大人清楚地意识到，自己会怀念这份工作，因为他生机勃勃，精力充沛，可喜欢日理万机啦。但他是个颇有涵养的人，因此同时又期待着罗马有可能为他安排好优裕的生活，还有与同样富于教养的绅士淑女们的应酬聚会。在凉爽的轮船后甲板上，总督大人仰靠着一把舒适的躺椅，禁不住因为这种美妙的前景而笑出声来。

他随身携带了几个他自认为用得着的奴隶。巴拉巴就是其中之一。他之所以把巴拉巴列入名单，更多的是出于关怀和温情，因为一个奴隶到了这把年纪，对这位大人其实已经没有多大用处。但他喜欢这个明白事理的奴隶。这奴隶曾经顺从地让他人抹掉了自己的神，因此大人还是决定带上他。巴拉巴的这位主人竟然这么细心，居然还念念不忘此事，谁又能想得到呢。

由于海面平静无风，轮船行驶缓慢，航程显得比以往要漫长。在不停地划了好几个礼拜的木桨之后，轮船驶入奥斯蒂亚港①，这时划桨的奴隶已个个累得吐血。紧接着第二天总督就抵达罗马，他的扈从和金银财宝，也在一两天内随之到达。

他准备买下的官邸位居城市正中央最繁华的地段，有好几层楼高，里面装饰着色彩斑斓的大理石，房间布置得豪华气派。巴拉巴如所有的奴隶一样住在最底层。除了自己的住处，他从来没有见识过这座官邸的其余部分，但他知道这是一幢堪称华美的府宅。

可是这对于他又有什么意义。

他被派去干些轻活，各色各样的杂活。每天一大早，他就和另外几个奴隶一道，随厨房总管去市场买菜。那总管曾经也是个奴隶，自以为了不起得很。

巴拉巴就这样见到了罗马。

---

① 奥斯蒂亚港为古罗马一港口，在今意大利境内，距罗马不远。

也许还不能说他真的见到了罗马。它只是从他眼前匆匆掠过，似乎并没有感动他。当他在狭窄的街道上拥过来挤过去，或者置身于熙熙攘攘几乎无法前行的闹市集圩时，外界的一切似乎都与他没有关系，四周似乎只是一片苍茫云雾。实际上，对他而言，这座热闹的大都市根本就不是生活现实，他只是茫然地在它的中心溜达，任自己的思绪随风飘飞。

不同国度不同种族的男男女女混杂在一起。除了巴拉巴，所有的人都陶醉于那川流不息的人群，陶醉于那份富丽与堂皇，陶醉于那些雄伟的建筑，还有数不清的为每一个想象中的神设立的神寺庙宇①——那些高贵的人在玩腻了神圣大道②的昂贵商场和华丽浴池之后，总忘不了乘着金光闪闪的大轿前来朝自己的神顶礼膜拜一番。除了巴拉巴，所有人的眼睛无疑都会捕捉到这一切，并为此出神入迷。但是巴拉巴却不。他的眼睛什么也没看见；也许是因为它们过于深邃，任何东西映入其间都会化为乌有，好像根本就没有引起它们的注意。是的，他对这个世界连一丝兴味都没有。他对它一无所求。不管怎么说，至少他自己是这样想的。

然而他毕竟又不能像自己所想的那样那么漠视它。因为他恨它。

让他感到不真实的事情有许多许多，其中包括一队队招摇过市的乌合之众，那些人当中有祭司和信徒，还打着神圣的旗帜。在不信神的巴拉巴看来，老是碰到那号人，老是不得不给那号人让路，实在是有点可恶。他贴着府邸有窗的墙壁，鬼鬼祟祟地偷看那些人。

---

① 古罗马当时盛行多神教。
② 神圣大道：古罗马的一条繁华商业大道，以店铺林立著称。

有一次，他尾随一群人走进了一座很显眼的圣殿，这座圣殿他以前从来没有见到过。他像其他人一样进到里面，站在一幅壁画前，画上一位母亲怀抱着一个小男孩。他问旁人那是谁，人家告诉他那就是最最神圣的伊希斯①和她的孩子霍雷斯②呀。不过说过之后众人就对他投去狐疑的目光，不解怎么会有人连圣母的名字都不知道呢。一名圣殿卫士走过来，把巴拉巴揉了出去。在铜铸的大门口，那卫士做了个神秘的手势，以示保佑圣殿和他自己。可能他看出巴拉巴生来就仇恨天地万物，仇恨天地万物的造物主吧。

　　巴拉巴脸上的那块疤痕涨得通红，野性的眼珠子像毒箭一般微微颤动。他拔腿就走，横过一道道大街，又穿过一条条小巷。

　　滚你妈的，你这无赖！

　　他横冲直撞，不辨东西，根本就不知道自己走到了哪里。等到好不容易摸回府邸，他险些被揍一顿。不过人家倒还真不敢揍他，谁不知道这儿的老爷喜欢着他呢。况且他们也相信他那语无伦次的解释是实话，他说他对这座城市还是不熟悉，后来迷了路。

　　他缩在奴隶地窖里属于他自己的那一角。躺在黑暗中，他感到被刮掉的"基督耶稣"像火焰一样灼烤着他的喘息的胸口。

　　是夜，他梦见自己跟身边一位正在祈祷的奴隶铐在了一起，但那奴隶是谁，他却看不清楚。

---

①　伊希斯：古埃及宗教的重要女神之一。因该名字为阴性，故埃及人将其奉为众生之母。伊希斯最著名的形象是一个怀抱婴儿坐在宝座上的圣母，因此被一些《圣经》学者视作童贞女马利亚和婴孩基督的原型。据认为伊希斯和希腊的阿芙洛狄忒、罗马的维纳斯同出一源，只是不同地区的不同称谓而已。
②　霍雷斯：古埃及神话中的太阳神，为伊希斯和奥西里斯之子，形象似鹰，太阳和月亮是他的眼睛。

——你为何祈祷？他问对方。有什么用？

——我为你祈祷。那奴隶于冥冥之中回答，声音十分耳熟。

于是巴拉巴静静地躺着，免得妨碍那个正在祷告的人。他感到泪水涌上了自己的老眼。

但是等他醒来，趴在地上四处摸索时，却不见那副镣铐，也不见那个奴隶。他并没有跟谁铐在一起。他没有跟这个世界上的任何人铐在一起。

一次纯属偶然，他独自在府邸的一间地窖里时，发现一处偏僻的墙壁上刻着那个鱼形符号①。刻得歪歪扭扭，但想刻成什么样，刻的是什么意思，却是显而易见的。他站在那儿看，暗忖哪个奴隶会是基督徒呢。在随后的日子里，他一遍又一遍地想这个问题，而且小心翼翼地观察每一个奴隶，想找出一些蛛丝马迹。但他并没有问谁。他也没去询问有谁知道此事。那样做并不难，但他不想那样。

他跟他们没有什么联系，跟其他的奴隶没有联系，除非万不得已。他从不跟他们当中的任何人搭话，因此也无从了解他们。出于同样的原因，他们也不了解他，也不招惹他。

他知道罗马有众多基督徒。他也知道那些人在自己的祷告场碰头，在遍布城内各处的兄弟会②所碰头。但他并不想去那些场所。他倒是想过那么一两次，然而没有付诸行动。他曾经在自己的圆牌

---

① 鱼形符号：所谓鱼形符号指的是希腊文中"鱼"的拼写字母。"鱼"在此暗喻"圣子、救世主和耶稣基督"，因为把这几个称呼的希腊文字首拼写在一起，恰好就是"鱼"的意思。因此当时的基督徒曾用鱼形符号暗中联络。
② 即基督教徒的组织。基督徒以兄弟表示相互之间的友爱和情谊，也表示天国中的恺悌之情，并由此引申出四海之内皆兄弟的观念。见《以弗所书》第2章和《哥林多前书》第5章。

上刻过他们那神的名字，可是它已经被抹掉了。

因为害怕遭受迫害，最近一段时间，他们显然不得不转移地点秘密聚会。巴拉巴是在集市上听见有人这样说的，那些人也像圣母圣殿里的那个卫士做过的那样，在身后叉开手指头以示避邪。他们招人嫌，惹人恨，并被怀疑玩弄巫术和一些天知道的什么玩意儿。而且他们的神还是一个多年前被吊死的声名狼藉的犯人。谁也不想跟那帮子人有什么瓜葛。

一天晚上，巴拉巴听见两个奴隶在黑暗中凑在一起窃窃私语。他们未看见他，还以为没有别的人。巴拉巴也看不见他们，但从声音中他认出了那两个人是谁。那两个人刚被买来，在这幢府邸里待的时间还不足几礼拜。

他们说起次日晚上要在阿皮安大道①的马库斯·卢修斯葡萄园举行一个兄弟聚会。听到后来巴拉巴才明白，其实他们碰头的地方并不是葡萄园，而是葡萄园里面的犹太人墓窖②。

多怪的地方啊，在那儿碰头……在死人当中……他们干吗要在那儿碰头呢？……

第二天傍晚，就在奴隶地窖正待上锁之际，他冒着掉脑袋的危险偷偷溜出了府宅。

来到阿皮安大道时，已近黄昏，四周静悄悄的连个鬼影儿都看不见。他问了一个正沿路赶着羊群回家的牧羊人，才找到那座

---

① 阿皮安大道：古罗马城郊的一条大道，向南绵延三百五十英里。大道旁的果园为当时犹太人的接头地点。
② 犹太人墓窖：古罗马专门用来安葬犹太人的公墓，为早期基督徒的避难地。

葡萄园。

他爬下墓窖，循狭窄陡斜的墓道向前摸索。在爬进第一座墓冢时，入口处还有些许日光照耀着他，可以看清墓道伸入阴暗当中。于是他朝前爬去，双手摸着墙上阴冷潮湿的墓石。他听那两个奴隶说，他们要在一号大墓厅碰头。

他继续前行。

不多时他觉得自己听见了声响，于是停下来侧耳细听；不对，什么声音都没有。于是他又继续朝前走。他一直小心翼翼地往前挪，因为不时会碰上石阶，一级或者好几级，通向更幽深的深处。他就这样一步一步走了下去。

可是一直没见有什么墓厅。仍旧是同样狭窄的墓道。这时他感到来到了岔道口，一时不知道该选哪条路走才好。他犹豫不决，有点茫然。就在这个时候，他看见远处，很远的地方，有一线光①。是的，是有一线光！他连忙朝那光摸过去。必定就在那里无疑！

可是忽然间什么光都看不见了。它消失了。可能是因为他不知不觉间拐进了另一条通道，旁边的一条。他赶紧又回到原处去瞧那光，可是那光已经消失不见，已经不再有它的影子！

他站在那儿，完全陷入惶惑当中。

他们在哪里？

他要到哪里去追寻？

---

① "光"在基督教中是真理的化身。《圣经》赞美上帝"是我的亮光，是我的拯救"。（见《旧约·诗篇》第27章）耶稣也被认为是世界之光，是"照亮一切生在世上的人的真光"。（《约翰福音》第1章）

难道他们不在此地？

那他自己此时又身在何处？哦，当然，他知道自己是怎么走进来的，他总能找回入口的地方。他决定循来路返回。

然而正当他辨认着每级台阶，沿原路往回摸索时，他突然又看见了那线光。一线清晰而明白无误的亮光，在他先前显然未曾注意到的一条旁侧的通道里，跟原来的方向有点儿不一样。尽管如此，但肯定还是那道亮光。于是他连忙朝它摸过去。必定就在那里无疑！那光变得愈来愈亮……

但是那光却忽而又不见了。一下子就没了踪影……

他伸手拍了拍头，又揉了揉眼。他看见的究竟是什么光？难道那不是光？难道那只是想象，是他的眼睛在开玩笑，就像很久很久以前的那次那样[①]？……他揉揉眼睛，往四下张望……

是的，根本就没见有什么光。任何地方都没有，任何方向都没有！只有无边无际、冰凉袭人的黑暗包围着他，在这黑暗中，只有他孤零零一个人——因为他们根本就不在这里；这里连一个人都没有，除了他自己，连一个活人都没有。只有死人！

死人！他被死人所包围。无论他朝哪儿掉转身子，每个地方都有，每个方向都有，每条通道都有。他往何处去？他不知道该走哪条路才能重见天日，才能逃离此处，才能逃离这阴曹地府……

阴曹地府……他身陷阴曹地府！他被关在阴曹地府里面！

巴拉巴感到万分恐惧。一种令人窒息的恐惧。他突然下意识地

---

① 指耶稣被判死罪时，巴拉巴在巡抚衙门的大院里见到的情景。

奔跑起来，惊恐万状，也不顾是朝哪个方向，脚下绊着看不清的石阶，奔出一条通道，又窜进另一条，只想找到出路，只想逃离这阴曹地府……他像一个疯子在里面瞎撞，累得吁吁直喘粗气……到后来他只是在巷道里胡乱地进进出出，东歪西倒，不时一头撞在死尸垒就的墙壁上，撞在死亡之墙上，永远也转不出来……

　　他终于感觉到了一阵自地面而来，自另一个世界而来的温暖的气流……他晕晕乎乎地攀上斜坡，爬进一簇一簇的葡萄藤当中。

　　他气喘吁吁地躺在大地上，仰望着黑沉沉的夜空。

　　此时此刻，无论在世界的哪个地方，都是黯淡无光，夜色苍茫。无论是苍天还是人间，无论在世界的哪个地方……

第十五章

　　巴拉巴沿阿皮安大道摸黑往城里走，一路上备感孤独。不是因为无人相伴而行，也不是因为前不见过客后不见来者，而是因为在这笼罩世间的漫漫暗夜中，只有他孤零零一个人。苍天之下，大地之上，生死之间，只有他孤零零一个人。其实他一直都是形单影只，只不过事到如今才格外意识到这一点。他在暗夜中踽踽独行，似乎已葬身于黑暗中，唯有孤寂的老脸上那块伤疤陪伴他，唯有他父亲赐给他的那块伤疤陪伴他。在枯皱的胸脯上，灰灰的胸毛丛中晃动着那块神的圣名已被叉掉的奴隶号牌。是的，苍天之下，大地之上，只有他孤零零一个人。

　　他把自己封闭起来，封闭在自己的阴曹地府里。他如何才能挣脱出来呢？

　　曾经有过那么一次，仅仅有过那么一次，他跟另外一个人拴在了一起。可是实际上，跟他拴在一起的只不过是一条铁链。除了一条铁链，他与这世界没有牵连。

　　他听见自己的大脚在石子路上踏出叭叭响声。除了这响声，世界一片宁静，仿佛已不再有任何活生生的东西生存。他的四周一团漆黑，没有一丝光。任何地方都不见一丝光。天空上也见不到一颗星，只有虚空和寂寥。

他大口大口地喘着气，空气又闷又热，好像周围在发烧——难道是他自己发烧啦，生病啦，或是从阴间带出了死亡的气息？死！其实他又何时不带着死呢，这么多年来，他又何时不是死气沉沉。死在内心追逐他，在心灵的巷道里追逐他，使他时时惊恐莫名。虽然他已经如此衰老，虽然他已经不可能再活多少年，但它仍旧使他感到恐惧。尽管他是那么愿意——真那么愿意……

但是不，不，他不想死去！不想死去！……

而那些人却聚集于阴曹地府，向他们的神祈祷，祈祷跟他生死相依，祈祷他们自己彼此间生死相依，永不分离。他们并不害怕，他们征服了它，为他们兄弟般的集会而相聚，为他们的爱餐……彼此相爱……彼此相爱……

可等他赶到，他们却不见了，连个影儿也见不着。他只好独自徘徊于黑暗中，徘徊于巷道里，徘徊于心灵的巷道里……

他们在何方？

那些声称彼此相爱的人在何方？

在这个夜晚，在这个闷闷的夜晚，他们在哪里？……他走进城门时，感到更加压抑——今天晚上整个世界都沉闷难当；今天晚上他烧热不退，呼吸不畅；今天晚上他憋得慌……

他刚转过一个街口，就感到一股浓烟劈面扑来。浓烟来自不远处一栋住宅的地窖；浓烟从地窖里滚滚冒出，一两个通风孔里，还不时蹿出红红的火舌……他连忙奔过去。

他跑着跑着，就听见周围有好多人一边跑，一边叫：

——着火啦！着火啦！

跑到十字路口时，他却见旁边的一条街也在熊熊燃烧，那边的火势甚至更为猛烈。他一下子糊涂了，不明白是怎么回事……忽然他又听见远处有人喊：

——是基督徒放的火！是基督徒放的火！ [①]

一时间呼号声此起彼伏：

——是基督徒放的火！是基督徒放的火！

起先巴拉巴还愣愣地站着，好像听不明白他们在喊些什么，那样喊是什么意思。基督徒？……后来他明白了，恍然大悟。

是啦，是基督徒放的火！是基督徒纵火焚烧罗马城！纵火焚烧这个该死的世界！ [②]

现在他可明白他们为什么不在那里了。他们在这里呢，他们要把这可恶的罗马城烧个干净！要把这可恶的世界全都烧个干净！他们的时刻来临啦！他们的救世主来临啦！

那个被钉死在十字架上的人回来啦！那个各各他的他回来啦！像他允诺的那样回来拯救人类，毁灭世界；像他允诺的那样，让这世界化成一团火！现在他才真正显示出他的威力。而他，巴拉巴，

---

① 公元 64 年，罗马城的贫民窟被大火烧毁，史称罗马城大火。据《新约·使徒行传》记载，使徒保罗第三次赴罗马传教时，正值罗马城大火过后不久。罗马皇帝尼禄借口基督徒欲纵火焚城，趁机进行全城大搜捕，将众多基督徒钉死于十字架上。据信，保罗和彼得也同时遇害。
② 指耶稣曾经预言，圣殿将倒塌，世界将在大火中毁灭，而一个崭新的天国将在旧世界的废墟上建立起来。此处巴拉巴以为耶稣所指的火就是现实中的大火。

要帮他一把！巴拉巴这个无赖，他那各各他的兄弟无赖①，决不会让他失望。现在可不会了。这次可不会了，现在不会了！他已经冲向最近的一团火，捡起一截冒火的木头，投进另一幢房屋地下室的窗口。他抓起一截燃烧的木条，又抓起另一截。将它们纷纷投进其他的房屋，投进其他的窗户。他没有让他失望！巴拉巴没有让他失望！他点燃了光明，冲天的光明！火苗从一间屋子里蹿出来，又从另一间屋子里蹿出来，爬满了所有的篱墙。一切都在燃烧。巴拉巴马不停蹄，撒出更多的火种，大口大口地喘着气，那块神的圣名已被叉掉的号牌在他胸前抖动。他没有让他失望。在主需要他的时候，在这个时刻到来的时候，在世间万物都遭毁灭的伟大时刻到来之际，他没有让他的主失望。扔呀！扔呀！世界成了一片汪洋火海。好大的火啊！整个世界，整个世界都着火啦！

看哪，这就是他的天国！看哪，这就是他的天国！

---

① 巴拉巴在各各他山冈目睹耶稣被钉死后，曾被耶稣的门徒骂作"无赖"。

第十六章

　　所有被控纵火的基督徒都被抓进了凯皮托尔山[①]下的监狱，巴拉巴也在其中。他被当场拿获，审问一番后就被递解到这儿来，跟那些基督徒关押在一起。他跟他们成了一伙子人。

　　牢房是从岩石中掘凿出来的，石壁上淌着水。昏暗中他们看不清彼此的脸，这正合巴拉巴的心意。他自个儿缩在一边的霉烂稻草堆上，自始至终将脸偏向一边。

　　他们喋喋不休地议论起那场火，还有等待着他们的命运。纵火的指控只不过是将他们抓起来处以极刑的借口。他们并没有干那种事，这一点连法官心里都很清楚。他们当中没谁在场。在接到犹太人墓窖的会场已经暴露，一场大规模的迫害即将来临的警告之后，他们就没再出过家门。他们是无辜的。可是那又有什么用？所有的人都宁可相信他们有罪。所有的人都宁可相信大街上那帮被收买的无赖高喊的话："是基督徒放的火！是基督徒放的火！"

　　——谁收买他们的？黑暗中有人问。但是没有人加以理会。

---

① 凯皮托尔山：罗马的七座小山之一，为古罗马的宗教圣地。山下有著名的吐尼亚农监狱，由岩石掘凿而成，专门用来关押各色死囚。

主的信徒怎么会犯下纵火焚烧罗马城这等罪？怎么会有人相信这种事？他们的主要烧的是人的心，而不是他们的城。他是这世界的主和神，而不是作恶者。

于是他们开始谈论他，说他是爱和光，谈论起依照他的允诺，他们正在等待着的他的天国。说着他们又唱起了赞美诗，用词奇特而美妙，巴拉巴以前闻所未闻。他低头坐着，听着。

牢门外边的铁闩被抽至一旁，一阵铰链声响过之后，走进来一名狱吏。他负责管饭。在给囚犯喂食时，他就让门敞着，让里面亮点。这狱吏自己显然已经酒足饭饱，因为他那张大脸红扑扑的，嘴上话也多。他骂了几句脏话，就把他们要吃的东西扔了进去；那些东西简直难以下咽。他这样骂人并没有什么恶意，只是说说所有狱吏都已经习以为常的职业用语而已。实际上，听他说话就知道，这人心肠挺好。巴拉巴正好坐在被门口的光线照着的地方，那狱吏一眼瞧见他，就哈哈大笑起来。

——这个疯子！他叫道。就是他到处放火烧罗马！你们这些混蛋！还说不是你们放的火！你们是一群骗子！这小子被逮住的时候，正放火烧凯乌斯·塞维尤斯油库！

巴拉巴还是双目低垂。他的脸冷冰冰的，没有一丝表情，但是眼眶下面的那道疤痕却涨得通红。

别的囚犯转脸看他，万分惊讶。他们谁都不认识他，还以为他是个罪犯，跟他们不是一路子人。他们在受审和锒铛入狱时都没有见到过这个人。

——不可能。他们窃窃私语。

——什么不可能？狱吏问。

——他不可能是基督徒。他们说，假如他真干出你所说的那种事，他就不可能是基督徒。

——不可能是？可是他自己就说他是。抓他的人跟我说了，他们样样都跟我说。他在审讯的时候就做了交代。

——我们不认识他。他们嘟哝了一句，假如他属于我们，我们肯定就会认识他。他绝对是个陌生人。

——好你们一群骗子！等着，马上就有你们的好戏看！

他走到巴拉巴面前，翻过他的奴隶号牌。

——好好瞧瞧……这不是你们那神的名字又是什么？我认不出这些破道道，可是难道不是吗，嗯？你们自个儿念念！

他们围住狱吏和巴拉巴，瞧着号牌背面的那些符号，个个惊讶莫名，目瞪口呆。他们大多数人也不认识那些符号，但有一两个人压低嗓门激动地念道：

——基督耶稣……基督耶稣……耶稣……

狱吏把号牌扔回巴拉巴胸前，得意洋洋地四下看了看。

——现在你们还有什么话说，嗯？不是基督徒吗，嗯？他自己把那牌子拿给法官看了，还说他不属于当今皇上，而是属于你们祈祷的那个神，就是被吊死的那个。现在可好了吧，他也要被吊死，我敢打赌。你们都要被吊死，就这么回事！尽管你们比他狡猾。真是可惜啊，你们当中的一个人，竟然蠢到跑到我们的刀子下，说他是个基督徒。

瞧着他们那些莫名其妙的脸孔，他哈哈大笑着走了出去，砰的一声把门关上。

他们又把巴拉巴团团围住，气呼呼地质问他一连串问题。他是谁？他真是基督徒吗？属于哪个兄弟会？他真的亲手放了火？

巴拉巴无言以答。他的脸灰白灰白，那双老眼尽可能深地躲藏起来，不想被人看见。

——基督徒！你们没发现那些符号被打了叉？

——打了叉？主的名字被打了叉？

——正是这样！看见了吗？

有几个人先前就看见了，但没往深处想。这到底是怎么回事？

其中一个人拿起号牌，再次细细琢磨。虽然光线较先前暗了许多，但他们还是看出来，那些符号被谁用刀子用力划上了一把叉。

——为什么往主的名字上打叉？他们纷纷责问，这样干是什么意思？你听见了吗？这样干是什么意思！

巴拉巴还是一言不发。他勾腰驼背坐在那里，避开众人的目光，任他们随意碰他，随意碰那块号牌，只是一句话也不说。他们对他，对这个不可能是但又自称是基督徒的陌生人，感到越来越惊奇，越来越恼火。他的奇怪的表现让他们纳闷。后来一些人拥向坐在地窖里面黑暗处的一位长者，这长者自始至终都没有参与适才发生的事情。待他们说了几句什么之后，长者站立起来，随他们一同来到巴拉巴面前。

长者肩背宽阔，尽管有点儿伛偻，但仍是高大魁伟。硕大的脑袋上，长着长而稀疏的头发，白白的，胡须也是白白的，直挂到胸前。他的神态威严而慈祥，一对蓝蓝的眼睛虽然充满了岁月积累的智慧，却像孩子的眼睛一样大而纯净。

他站着，先是久久凝视巴拉巴，凝视他那张伤残的老脸；继而仿佛回忆起了什么，点点头以示肯定。

——久违了。他不无歉意地说了一句，在巴拉巴面前的稻草堆上坐下来。

围拢上来的众人都大为惊奇。莫非他们无比尊敬的老夫子①居然认得这个人？

他显然认得，他一开口跟那人说话，他们就看出来了。他问那人这些年是怎么过来的。巴拉巴就把自己的遭遇说了一下，当然不是全部，远远不是全部，但已足以让对方明白或者猜到个八九不离十。他一明白点什么，巴拉巴就不再往下说，只是默默地点点头。虽然巴拉巴很不习惯于与人推心置腹，虽然他此时也并没有那样做，但是两人还是相谈甚欢。他用低沉疲惫的声音回答对方的询问，甚至抬起头来，看着对方那双纯净而富于智慧的眼睛，还有那张爬满皱纹的老脸。那张脸跟他自己的脸一样苍老，但那是一种别样的老。皱纹深深地刻在上面，但感觉却大不一样，其中透着安详。刻着皱纹的皮肤几乎苍白，双颊凹陷进去，也许是因为已不再剩下几粒牙。但实际上他的变化并不是很大。他依然说着那一口朴素而自信的乡音。

---

① 由下面的描述可以推断，此处的"老夫子"当指耶稣的十二门徒之一彼得。彼得是耶稣最忠实的门徒。耶稣曾问众门徒，认为他是什么人，彼得说耶稣是弥赛亚，因此深得耶稣赞许。但耶稣被捕后，他却三次不承认认识耶稣，一度对自己的信仰发生动摇。为此彼得曾放声痛哭。后来彼得亲往罗马传教，约于公元64—67年殉难。据说他要罗马当局处死他时，把他倒钉于十字架，因为他觉得自己不配像耶稣那样殉难。死后葬于梵蒂冈。

这位德高望重的长者渐渐明白为什么主的圣名被划上了一把叉，为什么巴拉巴要插上一手纵火烧罗马——他想帮帮他们和他们的救世主，把这个世界烧个干净。长者听到这里，悲哀地摇了摇白发苍苍的头。他问巴拉巴，他怎么能以为是他们放的火呢。放火的是恺撒自己，那个畜生自己，而巴拉巴却帮了那个畜生的忙。

　　——你帮的是那个俗不可耐的统治者，他说。你那块奴隶号牌上说，你属于的就是他，而不是圣名被叉掉的主。你在不知不觉当中，为你那法定的主人效了劳。

　　——我们的主是爱。长者心平气和地又补充了一句。

　　他拿起挂在巴拉巴胸前浓毛里的那块号牌，悲哀看着那被叉掉的他的主的圣名。

　　他让号牌从自己枯皱的手指间滑落回去，沉重地发出一声叹息。因为他知道，这是巴拉巴的号牌，这是巴拉巴不得不佩戴的号牌，他帮不了巴拉巴什么忙。他知道，对方也想到了这一点，从那双胆怯而孤单的眼睛里，就能看得出来。

　　——他是谁？他是谁？长者站起来时，他们纷纷问。

　　长者开始不大愿意回答，试图避开这个问题，但经不住他们再三追问，没法子只好如实道出。

　　——他是巴拉巴，顶替主被放出来的就是他。长者说。

　　他们迷惑不解地望着这个陌生人。再也不会有什么事情比这件事更让他们感到惊骇和出乎意料的了。

　　——巴拉巴！他们小声说。被释放出来的巴拉巴！被释放出来的巴拉巴！

他们似乎一下子无法接受这个现实，一双双眼睛在昏暗中闪烁着凶狠不祥的亮光。

但是长者要他们安静。

——这是一个不幸的人，他说。我们没有权利责怪他。我们自己还不是有许多许多的弱点和过失，主之所以垂怜于我们，也不是因为我们有好名声。[1]我们不能因为一个人不信神，就责怪他。

他们站着，全都垂下了眼睛，好像从此之后，在听了这番不同寻常的训话之后，不再敢看巴拉巴。大家都默默地离开了他，回到自己原先的位置。长者长叹一声，步履沉重地最后一个走开。

巴拉巴复又孤零零一个人坐在那里。

他在大牢里日复一日孤孤单单坐在那里，坐在一边，离他们远远的。他听他们唱信仰的歌，听他们从从容容地议论自己的死，还有即将来临的永生。尤其是在宣判了死刑之后，他们谈得更加热烈。他们满怀信念，对此深信不疑。

巴拉巴听着，陷入沉思。他在思考自己的未来将会如何。他想起了橄榄山上的那个人[2]，那个人跟他分享面包和盐，已经死去了许多许多年，他的骷髅此刻正在永恒的黑暗中咧嘴微笑。

永生……

他这一生有何意义？他相信毫无意义。但是他对这种事情一无所知。他对这种事情根本无法评判。

---

[1]　耶稣声称自己来到人世间的使命，就是要将世人从罪恶中拯救出来。因此说："我来本不是召义人，乃是召罪人。"彼得此句也含有自省的意思。彼得三次不认耶稣而后愧悔流泪的经过，可参看《路加福音》第22章。

[2]　见本书第5章。

那个白胡须的长者坐在他的门生中间，听他们说话，用典型的加利利①口音跟他们说话。但有的时候他也会用一只大手托住脑袋，默默无言地独坐黄昏。也许他在想念革尼撒勒②的海岸，但愿能终老家园，魂归故土。可是这却由不得他。他在路上碰到他的主，主说："来跟随我。"因此他只得从命。他睁着那双纯净的眼睛注视前方，那张双颊凹陷、爬满皱纹的脸透着无比的安详。

---

① 彼得是加利利人，住在加利利海附近的迦百农时，与兄安得烈合伙以打鱼为生。耶稣曾显神迹，让彼得一网打上许多鱼，并说："来跟随我，我要叫你们得人如得鱼一样。"从此彼得追随耶稣四处传道。
② 革尼撒勒：位于加利利海西北岸。耶稣领众门徒过海时曾在此显神迹。当时海面上起了风浪，耶稣却在海面上行走，并叫彼得追随。彼得在水面上走，因害怕而喊叫。耶稣拉住他说："你为什么疑惑呢。"彼得遂信服。见《马太福音》第14章。

第十七章

　　就这样他们全被领出去钉上十字架。他们成双成对地被铐起来，因为总数不是偶数，巴拉巴落在队伍的最后面，没跟任何人拴在一起。事情恰好就是这样。也就因为这样，他被钉在成排十字架的最末一座上。

　　聚集了一群围观的人，花了好长时间一切才告结束。而那些被钉在十字架上的人自始至终相互安慰，满怀希望。没有任何人理会巴拉巴。

　　夜幕降临，围观的人站得也够累了，于是纷纷离散走回家去。况且这时候，所有被钉在十字架上的人也都已经没气了。

　　唯有巴拉巴还活着，孤零零一个人吊在那里。待他感到他一直惧怕的死亡已经临近时，他好像是在对黑暗诉说似的，朝暗夜吐出一句话：

　　——我把灵魂交给你了。

　　说完他就咽了气。

1992 年 3 月译毕

邪恶故事

（1924）

一、父亲和我

　　记得快满十岁时，一个礼拜天的下午，父亲一把抱起我，去树林里听鸟儿欢歌。母亲得留在家里做晚饭，我们朝她挥手拜拜，就高高兴兴地走进了暖融融的阳光中。去听鸟儿唱歌，并不是什么非同寻常的事，当然用不着大事张扬；父亲和我生活于大自然中，是健康敏慧的人，对这种事情已经习以为常。没什么可大惊小怪的，刚好碰上礼拜天的下午，父亲有空。我们一路沿着铁路走，按规定其他人可不许这样，但是父亲在铁路上工作[①]，他有这种权利。况且沿铁路走我们还可以直接走进树林，用不着绕弯路。

　　很快就听见了鸟鸣。一走进树林就被金翅雀、黄莺、乌鸦和麻雀的吱喳叫声所包围，还夹杂着蜜蜂的嗡嗡嘤嘤。地上是一片雪白的银莲花，白桦刚刚长出新叶，云杉则已吐出嫩芽；四周芬芳扑鼻，脚下长满苔藓的泥土在阳光下冒着热气，热热闹闹，生机勃勃；野黄蜂窜出蜂巢，小蚊虫云集于湿润的地方，而那些鸟儿呼啦一下闪出树杈，扑向它们，而后又返回原处。

[①]　拉格奎斯特的父亲安德斯·拉格奎斯特是一名铁路信号员。

忽然一列火车隆隆驶来，我们赶紧跳下路基。父亲伸出两个手指朝火车司机致意，那司机也挥了挥手。这一切都是瞬间的事。后来我们又朝前走，迈开大步踩在枕木上，免得踏着硌脚的砾石。枕木在酷热中渗出沥青油，你忽儿闻到润滑油和绣线菊，忽儿又嗅着沥青和石南。铁轨在阳光下闪闪发亮。两旁都有电线杆，从旁边走过可以听见嘶嘶声。没错，这确实是个好日子。天空晴晴朗朗，不见一片云朵，听父亲说，这样的日子不会有云。

走了一阵，我们来到铁路右侧的一块燕麦田，一位熟识的农场主在这里开垦了一洼地。麦子长得又密又齐。父亲用行家的眼光审视了一番，看得出来他非常满意。我生在城里，对这类事情几乎一无所知。后来来到那座横跨小溪的小桥前面，小溪平日干涸无水，但是现在水流哗哗。我们手攥手，生怕从枕木中间掉下去。过了桥，没走多远，就来到掩隐在青葱的苹果树和醋栗树丛中的养路工小屋，敲门进去，喝了牛奶，看了他们养的猪和鸡，还有花团锦簇的果树；然后又继续往前走。

我们想到河边去，因为那里比任何地方都要美丽；它有着特殊的意义，河流的上游流经父亲童年时住过的地方。平常我们总喜欢在掉头回家之前，尽量走得远点，今天也是一样，走了好一段路之后，来到了河畔。小河靠近另一座车站，但我们没走那么远。父亲只是留意了一下那边的信号灯是否正常——他什么事情都想得很周全。

我们站在河边，河水在灼热的阳光下喃喃细语，欢快而友善。河岸上排着浓荫的树木，在缓水中现出倒影。这里的一切都清新明快；一阵轻柔的风拂过上游的小湖。我们爬下陡坡，沿河岸往前走了一段，父亲指给我看那些垂钓的地方。小时候他就坐在这儿的石头上，整天等着鲈鱼上钩，鱼钩常常咬都没被咬一下，但那是一段快乐的生活。现在他可没空啦。我们在岸边溜达了好一阵子，又笑又闹的，丢块树皮让水漂走，或者朝河里扔鹅卵石，看谁扔得更远，父亲和我天生就是一副快活的德性。后来总算玩累了，玩够了，就打转回家。

天开始黑下来了，树林变了样子——虽然还不算很暗，但也差不离了。我们加快脚步。母亲一定很焦急，做好了晚饭等着呢。她老是担心会出什么事。可是什么事也没有，这是一个快活的日子，没有发生任何不该发生的事。我们对一切都心满意足。

暮色愈来愈沉，树木一副古怪的样子。它们默默地谛听我们的脚步，好像不认识我们是谁。其中一棵树下面有一只萤火虫，它躲在暗处朝我们直眨眼。我捉紧父亲的手，但他并没有看见那点奇怪的光，只顾朝前走路。天色已经相当黑了，我们来到横跨小溪的那座桥上，黑乎乎的深处传来咆哮声，非常可怕，似乎想把我们吞下去；深渊在身下张开大嘴。我们小心翼翼地踩着枕木走，互相紧紧地拉住手，生怕掉下去。我以为父亲会把我抱过去，但他一言未发，可能他想让我像他那样无所畏惧吧。

我们继续前行。父亲在暗夜中行走，显得那么平静，脚步沉稳，不说不笑，想着自己的事情。我真不明白，四周这么黑，他怎么还能这么沉着。我环顾周围，好生害怕，只见暗夜漫漫，别无其他。我不敢用力呼吸，因为那样会吸进黑暗，可怕极了。我觉得那就是说快要死了。我记得很清楚那时我想到了些什么。河岸十分陡峭，仿佛伸入黑若暗夜的幽谷。电线杆阴森森地耸立着，直插苍天。深谷里响着空洞的回声，好像有人在大地深处窃窃私语，而白色的帽子缩作一团，似乎在偷偷倾听。一切都可怕至极。全都不正常，不真实，神秘而怪诞。

我拥紧父亲悄声问："爸，天黑了为什么这么可怕？"

"不可怕，我的孩子，并不可怕。"说着，他伸手抱住了我。

"怕，爸，好怕。"

"不，我的孩子，不该那样想。别忘了我们心中有一个神。"

我感到好孤单。好奇怪啊，只有我害怕，父亲却不，我们的想法竟不相同，他说的话竟然没给我安慰，丝毫也没解除我的恐惧。甚至连那些关于神的话也没起什么作用。我心想其实他也怕。暗夜中他^①无处不在，在树下，在嘶嘶作响的电线杆上——那一定是他——无处不在。而你却永远无法看见他。

我们默默地走路，各想各的心事。我的心儿一阵抽缩，好像黑暗已经涌进心窝，将它不停地揉搓。

正待绕过一个弯道，忽然听见身后响起一声巨吼！我们猛然一惊，从沉思中醒来。父亲把我推下路基，又推到凹陷处，一把按住我。这时候火车呼啸而过，是一列黑色的火车。车厢内所有的灯都是熄的，速度快得吓人。这是一列什么车？照理说此时不应该有车啊！我们非常害怕地看着它。煤块铲进去，巨大的车头就冒出火

---

① 指神。

来，火星溅向夜空，情景十分骇人。司机立在火光中，脸色苍白，神情呆滞，就像一块石头。父亲不认识他，看不出他是谁。那人就那样直视前方，似乎只想驰向黑暗，驰向漫无尽头的暗夜中。

我怕得要死，站在那儿直喘粗气，目光紧追那隆隆而去的影子，直到它被黑夜吞没。父亲拉我回到铁轨上，我们赶紧往家里走。他说："真怪，是列什么车呢？我不认识那个司机。"说完我们复又默默地走。

可我全身都在抖。这是因为我，因为我自己的缘故。我知道这是怎么回事：那是因为那种即将来临的痛苦，那种莫名的，父亲并未意识到也无法帮助我抵御的哀愁。这就是我就要面对的世界和生活，跟父亲的不一样，他的世界和生活处处都安全而有把握。这不是一个真实的世界，也不是真实的生活。它哐当哐当地驰进无边的暗夜，冒着冲天的煤火。

二、爱与死

　　黄昏时分我出门与心上人一道在马路上溜达，路过一幢灰暗的楼房时忽见门户洞开，但见手持弓箭的丘比特在暗夜中一足闪出门外。他不是那种普普通通的小丘比特，而是一个庞大的男人，魁伟而壮硕，遍体生长着毛发。在他手执弯弓朝我瞄准的时候，那模样真像一位笨拙的猎手。他一箭射中我的胸膛，然后将腿缩回，紧闭房门，那楼房仿佛是一座阴沉沉了无生气的棱堡。我当即倒地，而心上人继续走她的路。我想她根本就没注意到我已倒卧街头。如果她注意到了，她当然会停下脚来，俯身为我做点什么。她继续前行的事实表明，她根本就没有注意到。我的血顺排水沟追随着她流淌了一会儿，等到流尽了便凝固起来。

三、一个英雄的死

　　在一座人人都无所事事，无聊透顶的城市里，一个组织雇到了这样一个男人，他将用脑袋抵住教堂塔尖保持平衡，然后跳下来自杀。为此他可以拿到五十万元。一时间社会各界和各个场所都对这件事产生了浓厚的兴趣；门票在几天内就被抢购一空，事情成了人们议论的唯一话题。人人都认为这是一个非常勇敢的举动。当然，少不了会谈到那笔钱。没谁愿意跳下来自杀，何况从那么高的地方。可是你不得不承认那可是一笔很可观的报酬呐。安排诸项事宜的那个辛迪加组织当然要乘此大肆宣传，而人们则因为城里出现了这样一件事而乐不可支。注意力自然也集中于那个表演此项壮举的男人身上，报刊记者将他团团围住，因为表演即将进行，时光已经所剩不多。他在全城最豪华的饭店套房里接见他们，态度极为友善。

　　"其实，对我来说这不过是一笔交易，"他说道，"人家向我提出了你们都知道的那个数，我接受了提议。就这么回事。"

　　"可是不得不丢掉自己的性命，你不觉得难过吗？我们当然明白你缺钱花，否则也不会引起轰动，辛迪加也不会付这笔钱，可是这对于你总归不是一件很快乐的事吧。"

"是的，你说得对，我也这样想过。但是一个人为了钱，什么事情都做得出来。"

有关这位至今尚不为人知的男人的长篇大论，纷纷出现于各种大小报刊上，他的经历、观点和对当今各种问题的看法，他的性格和隐私，都成为议论的话题。翻开任何一份报纸，都能见到他的照片。看起来那是一个挺结实的年轻人，没有什么特别引人注目的地方，健康而快活，长着一张富于朝气的脸，是这个年龄的人当中最有青春活力的代表人物，又开朗又快乐。所有的咖啡馆里都在谈论这件事，人人都期待着那一刻的到来。这件事并不荒唐，他们认为；那小伙子真棒，女人们心想。还有一些想得更多的人则耸耸肩膀；卖弄小聪明的举动，那些人评论说。不过所有的人对这一点都不存异议：这个念头非常奇特，这种事情只可能发生于我们这个紧张而富于牺牲精神的时代。而且认为那个辛迪加组织为了安排这个壮举，为了给全城的人有机会目睹这样一个壮观的场面而慷慨解囊，确实是做了一件功德无量的善事。虽然门票的高收入足可抵销那笔开支，但不管怎么说还是很冒风险的啊。

激动人心的日子终于到来啦。教堂周围的空地挤得水泄不通，人人都极为兴奋，屏住呼吸，出神地期盼着即将发生的事情。

那个人跳了下来，一下子就结束了。

人们浑身颤抖，走回家去。老实说他们有点儿失望。是很精彩，可是……他只不过就跳下来自杀了而已。就为了这么一件简简单单的事，可花了不少钱呐。他当然是摔得血肉模糊，可是这又有什么意思？一个很有前途的年轻人就这样丢掉了性命。人人都很不满意地走回家去，女人们撑开了遮阳的伞。是啊，这种可怕的事情真应该禁止才是。它给谁带来快乐了呢？想起来就害臊。

四、历　险

　　一艘张满黑帆的船儿前来载我出海远航。我欣然踏上甲板，对这趟小小的旅行无比神往，因为我年轻而快乐，而且对大海满怀渴望。船儿驶离海岸，乘着清爽的风稳稳前行，海岸很快就在我们身后消失不见。水手们个个面色严峻，神情悲壮，在甲板上不声不响。顺着同一个航向，船儿破浪向前，日复一日，路途茫茫，未曾见到过任何海岸的影像。一年一年过去，大海依然遥遥，风儿依然清爽，却不见一丁点陆地的迹象。我终于忍不住问一名水手，为什么竟然会这样。水手说世界已不复存在，已经消亡，已经陷入虚空，只剩下我们独自彷徨。

　　我暗想这倒挺激动人心。我们继续驶向远方，大海无边无际，风儿把黑帆鼓胀，一切都是那么渺茫，剩下的唯有虚空。这时刮起了一场可怖的风暴，大海在四周凶猛咆哮，掀起轩然波涛。我们在黑暗中搏斗，风暴肆虐不止，黑夜漫无尽头，年复一年，状态依旧。乌云覆盖了黑帆，万物萧瑟，黯淡苍凉。我们在暗夜中挣扎，在痛楚和困顿中挣扎，惊恐莫名，心力交瘁，已经不抱什么希望。

　　终于有一天，响起了浪击礁岩的轰隆声，一排巨浪将我们推上大海中央的一座孤岛。船儿被撕成碎片，人们被抛上礁岩，船骸和黑帆的残片在海面上飘摇不定。我们紧伏在岩石上，直到天边出现熹微的日光。拯救我们的小岛荒凉而昏暗，上面仅存一棵饱经风霜的树，没有鲜花，也没有绿茵。我们紧伏在地，那么欢乐。我们把脸蛋贴近地面，因为欢乐而泪如泉涌。世界又开始从虚空中复苏。

五、实验世界

很久以前有这样一个世界，它不求真实和正常，只想做做各种实验，看看结果如何，能有什么用途。它就像一间试验室，一个研究机构，种种建议和念头都可以拿来试试，瞧瞧有什么价值。如果哪样东西得出了令人满意的结果，被证明完美无缺，那就推而广之，四处运用。

一开始什么都拿来试试。种上花花草草和树木，精心照料，接受阳光雨露的哺育，它们生长了一会儿就死了，烂成了泥土，于是不得不找另外的东西。又抓来了好些动物试试，它们先是长得好好的，可是忽然不长了，又退化成原来的样子，一切又都停滞不前。不过这并不要紧，失败乃是预料中的事。有些结果还不算太坏，何况还学到了不少东西。

接着要拿人来试试啦。事情很不顺利，他们长了一会儿，便又回到了原先的状态。看上去非常完美，整个民族都伟大而高贵，可是忽然就变了回去，结果证明还是畜生。不过这没有关系，失败乃是预料中的事。大地上堆满了那些表现不佳的民族的累累白骨，但是也学到了不少东西。

现在要用一两个人来试试啦，人太多了没有用处。一个男孩和一个女孩被挑了出来，他俩要在大地上最美丽的地方长大成人。他们被允许在森林里奔跑嬉闹，在树下相互追逐，被允许长成英俊少年和窈窕少女，并且深深相爱，被允许拥有完满的幸福，眼神如夏日一般清澈。爱情使两人不可分离。这已经不仅仅是俗世的目光，它升华成了一种年轻人感到眩晕的光芒，他们闭上眼睛，或者生出幻象，心儿怦怦乱跳，嘴唇抖个不停。他们躺在玫瑰树下，躺在大地上最美丽的地方，那是一个专为他们提供的美妙的夜晚。两人在幸福中，在喜悦和无与伦比的爱情中沉沉睡去，相搂相亲，没再醒来。他们死了。于是被推而广之，到处运用。

六、可敬的死尸

两个国家打了一场恶仗。双方都深为自豪，跟那份狂热比起来，小小百姓实在算不了什么。活下来的人一想到这件事就心潮澎湃，激动不已。在昔日杀声震天，将士死伤累累的边界两侧，为阵亡者竖起了高耸的纪念碑，他们为国家送了命，现在安息在泥土里。人人都去朝拜他们，还对这些葬身于泥巴中的英雄发表辞藻华丽的颂词，说他们死得其所，名垂青史。

但又有一个可怕的谣传在两个国家散播开来，说是每到夜晚昔日的战场上就热闹非凡。那里闹鬼。死者从墓洞钻出来，跨越边界相互寻找，好像已经重修旧好。

人人都听闻了此事，满腔义愤。那些受到全国人民敬仰的倒下的英雄，竟然不分亲疏，化敌为友！真是让人作呕。

双方各派出一个委员会前去调查。调查人员藏在几棵枯萎但依然挺立的大树后面，期待午夜的来临。

太可怕了，确有其事！幽灵般的影子钻出荒凉的大地，往边境方向而去，好像还背负着什么东西。调查人员疾步追上，怒火万丈。

"好啊，你们为国家送了命，我们这么敬重你们，怀念你们，把你们的墓地布置得庄严神圣，可是你们竟然去跟敌寇相勾结！竟然去跟他们相好！"

　　阵亡的英雄们看着调查人员，满脸惊异。"这从何谈起？"他们说，"我们永远相互憎恨，只不过交换尸首罢了，简直全乱了套。"

七、公主和王国

很久以前，一位王子外出征战，他要赢得那位美貌举世无双的公主，他爱她胜过一切。他冒着生命危险，一路格斗杀进那个国家，所到之处人畜不留，谁也别想阻拦住他。他浑身是血，但依然勇往直前，堪称最最勇武的斗士。他终于来到城门外，公主就住在富丽堂皇的城堡里。城堡无力抵抗，只好向他乞降。于是城门洞开，他作为征服者昂然入城。

公主见他如此英俊潇洒，神采飞扬，又想到他为了她几乎九死一生，自然芳心大动，把手给了他。他单膝下跪，握住手送上无数个热吻。

"看呐，我的新娘子，现在我得到你了！"他叫道，脸上洋溢着喜悦，"看呐，我打了那么多仗，现在我赢了！"

他下令当天就举行婚礼。全城为了这个盛大的节日装饰一新，婚礼喜气洋洋，盛况空前。

到了晚上，他走进公主的闺房，在门口遇到那位白发苍苍的枢密大臣，一个德高望重的老人。老人一鞠躬，向年轻的征服者递上王国的钥匙和缀满宝石的金制王冠。

"陛下，这是王国的钥匙，可以打开金库，现在那里的一切都归你掌管。"

王子皱了皱眉头。

"说什么，你这位先生？我不要什么钥匙，我九死一生可不是为了这些肮脏的东西。我只想赢得我所爱的她，只想赢得对我来说这世上唯一珍贵的人儿。"

老人回答："这些你也得到了，陛下，你不能不要。现在你必须将它们掌管好。"

"你没听懂我说的话吗？莫非你不明白一个人九死一生，什么都可以不要，就要他的幸福——不是名声和黄金，也不是土地和权力？我现在征服了一切，但我什么要求也没有，只想与对于我来说唯一无价的人儿幸福地生活在一起。"

"是的，陛下，你征服了一切。你像一位最勇敢的战士一往无前，从未退却过，所到之处大地一片焦土。你赢得了你的幸福。可是，陛下，别人都遭了殃。你征服了一切，因此一切都归你所有。这是一片辽阔的土地，是富足还是赤贫，是繁茂还是荒凉，是欢乐还是悲伤，就全看你的了。对那个赢得了公主和幸福的人来说，她所生活的这块土地也同样归他所有。"

王子站着，怒目而视，手指不快地触摸着剑柄。

"我是幸福的王子，而不是其他！"他气冲冲地说，"也不想成为其他。假若你要挡道，那就只好动剑了。"

老人平静地挪开他的手，年轻人的胳膊松了下来。他以智者的宁静审视着对方。

"陛下，你不再是王子了，"他温和地说，"你是国王。"

他用苍老的手捧起王冠，戴在对方的头上。

年轻的统治者感觉到王冠已戴在头顶，沉默而动情，比以往站得更直。他戴着权力的冠冕，心情沉重地走进心上人的房间，上了她的床。

八、底 层

　　我们都见过他，几乎每天都见着他，只是不太注意。不时从他身旁走过，只是极少加以理睬，好像他本来就应该在这里，好像他属于我们的世界。我说的是林格伦，那个双腿萎缩，靠手撑着往来于街道和公园的小老头。他戴着皮手套，那双腿也绑着兽皮。胡髭短短的脸孔上呈现出难以名状的痛苦，眼睛细小而温顺。我们都遇见过他，不过遇着他，好像他成了我们的一部分。路过时就放一枚硬币在他那疤痕斑斑的手上——他也得活啊。

　　可是一般人也就知道他活着而已，并不了解得更多。还是让我来跟你们说说那个老头吧，我认识他。

　　我常常停下来跟这位老伙计说一会儿话。他身上有某种我需要的温柔善良的东西。我是如此经常地这样做，人们一定以为他是我的一位倒霉的亲戚。其实并非如此。我家并没有碰上这类不幸的事情，只有一些只属于我们不属于别人的忧伤。但是有时候我感到我得停下来跟他说说话：为了他的缘故，这样他就不会感到自己漂泊无依；也为了我自己，因为他有些事情要告诉我。我们之间似乎没有什么隔阂。我常想，假如我没有腿走路，也得像他那样撑着在地上前行，那我也会感到非常吃力的。我没有理由认为，这种命运就不会降临到我的头上。在这个问题上，我们持相同的观点。

深秋一天傍晚，我在一个公园遇见了他，这里是恋人幽会的地方。他坐在一盏灯下面，以便让人看见，虽然无人过往，但还是伸出疤痕斑斑的手。他显然认为，爱情会使人变得大方。实际上他对这个世界并不很了解，只是习惯于找个地方坐下，伸出手来。一直在下雨，地面湿漉漉的，他身上沾了泥，看起来很累，而且还生了病。

"还是回家吧，林格伦？"我说，"不早了。"

"对，"他回答，"是该回家了。"

"我陪你走一段路吧，"我说，"你住哪里？"

他告诉了我，原来我们的住处相距并不远，走的是同一条路。

我们横穿马路。

"从这边走到那边，"我问他，"有点危险吧？"

"噢，不，"他答道，"他们挺注意我的。昨天有个警察拦住了所有车辆，让我过去，只是说要我快点，这并不奇怪。这里的人都认识我，他们好像觉得我属于这里。"

我们慢慢地走。我得放慢步伐，有时候还得停下来，以便让他赶上。又开始下起了蒙蒙细雨，他在我脚边撑着前行，泥污的双手支在人行道上，身体一上一下地运动，如同一只动物爬回自己的巢。但是他跟我一样是一个人。我听见他在下面说话，喘气，然而路灯的光在夜雾中非常微弱，我几乎看不见他。听见他在下面努力赶路，我心里充满了怜悯。

"你觉不觉得自己命苦，林格伦？"我问，"你肯定经常感到很不公平吧。"

"不，"他在下面回答，"怪就怪在并不像人们想象的那么苦。已经习惯了。而且我天生就是这样，不像好端端的大人忽然大祸临头。不，真要仔细想想的话，我不觉得自己有什么可抱怨的。肯定还有许多许多人比我还不如。我拥有许多别人没有的东西。我的生活很平静，很安全，这个世界待我不薄。别忘了我总是跟这个世界上的好人打交道。"

"这话怎讲？"我颇感奇怪。

"是的，我只跟好心的人打交道。只有他们才会停下来给我一枚硬币。对其他人我一无所知，他们只是匆匆过客。"

"嗯，林格伦，你还挺会自得其乐嘛。"我朝他一笑。

"这是真的，"他一本正经地说，"也可以说是谢天谢地的事吧。"

我也变得认真起来，意识到其实他说得很对。人活着只跟好心人交往，那是多好的福气啊。

我们继续走路。一家底层的商店亮着灯光。"我去买点面包。"他说，撑到橱窗前，敲了几下。一个姑娘走出来，托着一只扎好的小包。"晚上好，林格伦。"她说，"唷，什么鬼天气，你快回家吧。"

"我正回着呐。"这位老伙计答道。他们点点头互道晚安后，那姑娘就关上了门。

"我总在底层买东西。"他一边走，一边说。

"我想是这样。"我答道。

"底层的人都挺好。"

"是吗？嗯，可能。"

"是挺好。"他明确地说。

我们走过了一两条昏暗陡斜的巷子。

"我住的地方也是底层，这你不会奇怪吧，"他接着说，"这对我最方便不过了，是房东安排的，他是个挺有意思的人。"

我们穿过一条街，又穿过一条街，在暗夜中慢慢地走。我从来也没有想到，回家的路那么长。我感到又困又乏，好像自己也成了伤残人，用手撑着走，好不吃力。我挺直身板走，正常人都这样。就着一盏盏路灯的光，我看见他在下面爬行；只一会儿又消失不见，只能听见他气喘吁吁。

好不容易拐进了他住的那条街，来到他的住处前。这幢楼蛮大，看起来挺不错，几乎所有的窗户都灯火通明。二楼好像在开舞会，烛光照耀，乐声在凄冷的秋夜里回响，可以看见一对对舞伴匆匆闪过。他爬下三四级台阶，那台阶通向他住的地方。台阶旁是一扇窗户，有一面窗帘和一只栽着鲜花的沙丁鱼罐头盒。"你下来吧，好不好，来看看我的房间？"

我并没有这种想法，也不认为非得这样做，只是感到心里很沉重。我为什么要下去呢？我们又不是亲密无间的朋友。我是跟他走了一段路，那是因为我们住在同一个方向。我并没有想到要送他到家。我为什么要下去呢？可是我又不得不下去。

其实我认识正在举办舞会的那户人家。奇怪的是，他们并未邀请我，大概早把我给忘记了吧。

"你不介意我请你下来吧？"这老伙计问，好像注意到了我的沉默。

"是的。"

他误会我了。我要下去，看看他怎样生活。这就是我为什么随他前来的原因。谁邀请我，我就去看谁。

他下了台阶，掏出钥匙，插进锁孔里。我注意到那锁被移到了低处，这样他能够得着。

"房东移下来的，"他说，"他想得很周到。"门开了，我们进去。扯亮灯后，我环视房间，房间不大，空荡荡的，地面是冰凉的石板，铺着几块小小的毛毯。中央是一张桌子，桌腿被锯短了一截，还有两只低矮的椅子。角落里搁着他煮食的炉子，旁边的架子大概就是餐柜了。里头放着他的床，床单干净整齐。屋里的各个角落都很整洁。不知道为什么，这种井然有序刺痛了我。他为什么收拾成这样？如果我落到他这般境地，肯定是邋里邋遢——纯粹一个藏身的狗洞，如畜生一般。那样要容易得多，我心想，可是这里却是处处都一尘不染。

他忙这忙那的，取过桌上的花瓶，加了水，又放回原处，从一只蓝色的抽屉里拿出桌布铺开，摆上杯子和盘碟。看见他做这些家务事，我的心如刀割一般疼。他摘下了皮手套，手掌上结着厚厚的茧。然后他生起炉火，不断地吹着，火苗直蹿烟囱，加了一些煤，放上了咖啡壶。他不许我插手，不许，他最清楚自己该怎样做。他做起事来灵巧而老练，你看得出来他挺快活，对这些鸡毛蒜皮的小事充满了感情。

在自己的家里，他身上有某种温暖而安全的东西，不再是大街上的那个他。咖啡壶很快就热了，屋子里香气弥漫。他挪到椅子上坐定，两人开始啜饮。他说我应该也吃一点面包，但我不愿多吃。于是他自己郑重其事地吃起来，一片一片地掰碎，每一点面包屑都小心翼翼地捡起来。他吃东西时样子很庄重，眼睛闪闪发亮，我从未见过这样富于神采的脸。

我心想他大概有些寄托吧，他一定是那种信奉神或者其他什么的人，因此什么都能忍受，什么都能承受。

"告诉我，"我说，"林格伦，假如一个人像你这样生活，假如一个人像你这样受苦，我猜想他肯定要比其他人更需要信奉一些什么吧？"

老头沉思了一会儿。

"不，"他缓缓地说，"不一定非要像我这样生活。"

我觉得他的回答很古怪。莫非他并没有意识到自己的苦难？莫非他并不知道生活本应该更加丰富而灿烂？

"不，"他若有所思地说，"需要他的并不是我们。即使他存在，他告诉我们的也不会比我们已经知道的更多。我经常跟房东谈这个问题，他让我明白了很多东西。可能你不认识这幢楼房的房主吧，真该认识认识他才是，他是个怪人。"

"是的，我不认识他。"

"当然不认识——这我看得出来——不过你真该认识认识他。"

"他什么事情都安排得很好，"他接着说，"我初来问他是否有地方住时，他眯着眼瞧了我好久。'嗯，你住底层吧，'他说，'上面住不了。''是啊，我清楚。'我回答说。'底层适合你住，你觉得如何呢？'他问。我说那当然好啦。'你知道吗，我不想让人住在底层，不想要那些可怜的歹毒的，或者邪恶靠不住的人住。楼上谁住都行，好多人我根本就不认识，可是在底层嘛，我只要心好可靠的人，只要我喜欢的人。你觉得呢——愿住这儿吗？''当然愿意啦。'我挺高兴。'好，那么你付得起房租吗？'他一点也不客气，'人人都得付房租，谁也不能例外，多穷都一样。你可以少付一点，但总得付。拿得出钱来吗？''我得靠这个世界上的好心人为生。''有那种人吗？'他问我，目光好锐利啊。'当然有不少。'我说。'那就好。你是个通情达理的人，住下来吧。'他这人虽然头脑挺简单，但是挺有意思。他不时来看看我，说说话。'你是个值得交往的人，林格伦。'有一次他说。听见人家这样说，当然很开心啦。"

他瞧着我，一副心满意足的样子。"你是个值得交往的人吗？"他问。

我没有回答，只是瞧着地上，不想触碰他的目光。屋内朴实而温暖，灯光照耀着被锯短腿的低矮的桌子，照耀着搁放面包的桌布，照耀着他用来歇息的床。我看得出来，他并没有理会我的沉默，而是陷入自己的思索当中。

后来他爬下椅子，洗刷干净杯子，放回架子上，又去收拾床垫。可是他抚平床垫之后，却依然跪着。

"一天过去了，真好啊。"他喃喃自语。看得出来很累。

"是吗，林格伦？你不是说生活于你很充实很有意义吗？"

"是的，"他默默地看着前方，"生活是很充实。我很清楚这一点，但是每一天都挺难熬。我跟你说这些，是因为我觉得我们彼此已经很熟，一个人是什么样，就是什么样，不该装假。"

他长叹一声。看见他双膝着地跪在那里，你还以为他在祈祷呢，但他就是那个样子罢了。我轻轻站起来，谢过他，又道了晚安。他说只要我愿意，随时可以再来，我说我会乐意的。他陪我走到门口，后来我就又站在了马路上。

整幢楼房都已被夜幕所笼罩。甚至连适才还烛火通明的二楼也已一片昏黑。假如这么早就已结束，那不可能是一场真正的舞会。唯独那老头的灯还发出亮光，它几乎一直照耀着我回家的路途。

九、沉落地狱的电梯

史密斯先生，一位富有的商人，摁开雅致的宾馆电梯，情意绵绵地牵着一名浑身散发着毛皮和香粉味的纤巧的女士走进去。两人舒舒服服地相偎相依坐进软座，电梯开始下落。小妇人伸出微张的嘴，嘴巴湿乎乎一股酒气，两人接起吻来。他们一同在阳台上进晚餐，相遇于星光下；现在要出去给自己找点乐子。

"亲爱的，去那里多好啊，"她悄声说，"跟你在一起多有诗意啊，就好像跟星星在一起一样。因为你真正懂得什么是爱。你爱我，是不是？"

史密斯先生用一个更长久的吻作为回答，电梯继续下落。

"你能来真是太好了，我的宝贝，"他说，"要不然我的情绪真不知道会坏成什么样。"

"哼，你真想不出他有多讨厌呢。我刚刚开始打扮，他就问我要去哪里。'我想去哪就去哪，我又不是囚犯。'我说。他就故意坐下来一直盯着我看，看我换衣服，穿上崭新的哗叽呢大衣——哎，你觉得这衣服好看吗？对了，你觉得哪种颜色最好看，是不是粉红的？"

"你穿什么都好看，宝贝，"男的说，"我从来没见过你像今天晚上这么漂亮。"

她很快活地笑了起来，解开自己的毛皮大衣，两人久久接吻，电梯继续沉落。

"等我穿好衣服正准备走，他抓住我的手使劲揉，现在都还疼呢，一句话也不说。他好狠心啊，你根本就想不到。'好了，拜拜。'我说。但他一声也不吭。他那么野蛮，那么吓人，我实在受不了了。"

"小可怜。"史密斯先生说。

"好像我连出门快活快活都不行了，他那副严肃的样子真吓人呐，你根本就想不到。跟他简直就没法子过日子，好像活着不是生就是死。"

"小可怜，你熬过来真不容易啊。"

"嗯，我吃了好多苦。好多。没谁像我这样吃了这么多的苦。要不是碰到你，我根本就不知道什么是爱情。"

"小心肝。"史密斯说着，把她搂住。电梯继续往下沉落。

"哦，"拥抱过后她缓过神来说，"跟你在一起看星星多有意思啊——我永远也不会忘记。哼，那家伙就——阿维德就不可能，他总是那么一本正经，一点诗意也没有，根本就没有感觉。"

"宝贝，这真难以忍受。"

"就是，真难以忍受。"她向他伸出手，莞尔一笑，"还是别想那事吧。我们出来是寻乐子的。你真爱我？"

"爱吗？"说着他压到她身上，她气喘吁吁；电梯继续下落。他俯在她身上爱抚她，她的脸变得绯红。

"今晚亲热亲热，就像从未亲热过一样。嗯？"他小声说。

她凑近他，闭上双眼。电梯继续往下沉落。

沉落。沉落。

后来史密斯站起身来，脸孔通红。

"电梯是怎么回事？"他嚷嚷，"怎么不停？我们在里面已经谈了好久的话，是不是？"

"是啊，亲爱的，是谈了好久，时间过得好快啊。"

"天哪，我们待了好几个世纪啦！怎么回事？"

他凑近铁格窗往外瞅。外面一片漆黑。电梯继续往下沉落，落得极为平稳。

"天哪，怎么回事？好像掉进了一个空空的大窟窿，天知道已经掉下去多久了。"

两人连忙趴下往深渊里张望。黑乎乎一片。他们就这样朝深处沉落，沉落。

"这不就是往地狱里去吗？"史密斯说。

"哦，亲爱的，"妇人哭了起来，抱住他的胳膊，"我好害怕啊，你快去拉紧急制动闸呀。"

史密斯使出吃奶的劲去拉，但毫无用处。电梯依旧没完没了地往下沉落。

"好可怕啊，"她叫起来，"我们怎么办？"

"是啊，天知道我们怎么办，"史密斯说，"全疯了。"

小妇人陷入绝望，号啕大哭起来。

"噢，噢，我的心肝，别哭了，别哭了，我们得冷静。现在什么办法也没有了。坐下来吧，对啦，两人都好好坐着，挨得紧紧的，看看会发生什么事。它总得停下来吧，否则也太可怕了。"

两人坐着，等着。

"要知道会碰上这种事，"女的说，"我们就不出来玩了。"

"就是，真是倒霉透顶。"

"你爱我，是不是？"

"宝贝。"史密斯伸手搂住她。电梯继续下落。

忽然它停了下来，周围亮起了灼目的亮光。

两人来到了地狱。魔鬼彬彬有礼地拉开铁格窗。

"晚上好。"他深深一鞠躬。他穿着一件款式不错的燕尾服。

史密斯和那女子茫茫然走了出去。

"我们这是在哪里？"他们惊问，被这个狰狞的妖怪吓了一跳。魔鬼有点儿尴尬。

"这里不像传闻的那么糟。"他连忙补充说，"希望你们会过得快活。我想就只待一宿吧？"

"对，对，"史密斯急忙说，"只待一宿。我们不想住下去，不想！"

小妇人搂紧他的胳膊，浑身抖动不停。灯光是如此刺眼，亮得发绿，他们几乎什么都看不清楚，只是觉得闻到一种刺鼻的气味。等到稍微有所适应，两人发现自己站在一块类似广场的地方，周围环绕着一幢幢楼房，门洞在暗夜中闪烁着亮光。门帘虽然垂着，但是透过缝隙可以看见里面有什么东西在燃烧。

"你们就是那两个相爱的人？"魔鬼问。

"对，好爱好爱。"女的答道，那双满含爱慕的眼睛瞅了他一下。

"那么请往这边走。"他说，要他们跟着他。他们走进通往广场外边的一条昏暗的小街。在一个黏糊糊油腻腻的肮脏的门口，高悬着一盏破烂的旧灯笼。

"到了。"他打开门，谦恭地退下。

两人走进去。另一个魔鬼，肥肥胖胖，一副巴结相，长着一对豪乳，嘴巴周边的胡须结着紫色的粉块。她呵呵呵笑着接待了他俩，从那对小而亮的眼睛可以看得出来，这鬼脾气很好；在前额上的头角旁边，结了几支小辫，还扎着蓝色的丝带子。

"噢，是史密斯先生和这位小女士啊，"她说，"那就住八号房吧。"说完递给他俩一把硕大的钥匙。

两人攀爬肮脏黏糊的楼梯。楼梯粘着脂肪，滑溜溜的；爬了两段扶梯，史密斯找到了八号房，便走进去。这是一间霉味很重的大房间，中间摆了一只铺着脏布的桌子，墙边则是一张床单齐整的床。他们觉得挺好，就甩掉外套，久久接起吻来。

一个男人悄声无息地从另外一扇门走了进来。他穿戴得像一个侍者，可是晚礼服裁剪得那么合身，衬衣的前襟那么洁净，在昏暗中看上去却像是幽灵一般。他一声不响地走过来，脚底下没有一点响动，动作非常机械，几乎没有知觉。他的神情极为严肃，双眼直视前方，面色惨白，一侧太阳穴上有一个子弹留下的窟窿。他把房间收拾干净，擦了铺垫桌布的桌子，拎进来一把便壶和一只马桶。

他们并未注意他，只是在他正待离开时，史密斯说了一句：

"我们要喝点酒，拿半瓶马德拉酒①来。"

那人应诺了一声就消失了。

史密斯开始脱衣服。女的却有点犹豫。

"他会来的。"她说。

"嘻，在这种地方才不怕呢。把那些玩意儿都脱了吧。"

于是她宽衣解带，卖弄风情地扯下内衣裤，坐到他的膝上。真是快活啊。

"你想，"她小声说，"坐在这里，就我和你，在这样一个浪漫的地方，多有诗意啊，我永远也忘不了。"

"小心肝。"他轻唤。两人久久相吻。

那人又进来了，无声无息。他轻轻地，机械地放下玻璃杯，斟满了酒。台灯的亮光照在他的脸上。除了脸色苍白，脑门上有一处弹孔，他并没有什么不同寻常的地方。

可那妇人一声尖叫，蹦了起来。

"天哪！阿维德！是你吗？是你吗？哦，天哪，他死了！他打死了自己！"

那人一动不动地站着，直视前方，脸上并没有痛苦的表情，只是很严肃，很黯然。

"可是阿维德，你干了什么哇，你干了什么哇！你怎么能这样啊！亲爱的，如果我想到会这样，你知道我就会待在家里的。可是你从来也没跟我讲过，你什么也不说，一句话也不说！你不跟我

---

① 马德拉酒：产于非洲马德拉群岛上的一种白葡萄酒。

说，教我如何能明白呢！哦，我的天哪……"

她全身都在发抖。那人看着她，就好像看着一位陌生人；他的目光阴郁冰凉，仿佛可以穿透一切。那张憔悴的脸闪闪发亮，伤处没有流血，只见一个洞孔。

"哦，有鬼！有鬼！"她叫道，"我不要待在这里！我们马上走。我受不了啦！"

她抓起内衣、帽子和毛皮大衣冲了出去，史密斯紧随其后。两人连滚带爬奔下楼梯，她一下子坐到地上，屁股上沾满了痰液和烟灰。楼梯底，正站着那个长着胡须的女鬼，她很理解很温和地笑笑，点了点头角。

走到街上，两人平静了一些，妇人穿上衣服，挺了挺身子，又往鼻子上涂了一些粉。史密斯保护似的伸出胳膊揽住她的腰，又吻掉她的涌涌欲落的泪珠——他是多么好啊。两人走进广场。

那个魔鬼头子正在那里游荡，他们赶紧朝他奔过去。

"你们干得好快嘛"，他说，"但愿干得舒服。"

"噢，太可怕了。"妇人说道。

"不，不要那样说，别那样想。你们要是早点儿来，那才叫可怕呢。地狱现在已经没什么可抱怨的了，我们尽量安排得不那么显眼，相反还挺舒适的。"

"是的，"史密斯先生说，"我得承认是比较得体，确实这样。"

"嗯，"那魔鬼又说，"现在一切都蛮现代啦，完全重新安排，该怎么样就怎么样。"

"是啊，你们也得赶上时代才是。"

"说得对，这年头受苦的唯有灵魂。"

"谢天谢地。"妇人说。

魔鬼很客气地引他们走进电梯。

"晚安，"他深深一鞠躬，"欢迎再来。"他关上铁格窗，电梯徐徐上升。

"谢天谢地，总算过去了。"两人松了一口气，偎依着坐了下来。

"我再也不想碰到这种事，离开你。"她小声说。他把她拉到怀里，两人久久相吻。"你想，"搂抱一阵后，她缓过神来说，"他居然干出那种事！不过他总有一些古怪的念头，总不能自自然然地处理好事情，好像活着不是生就是死。"

"真可笑。"史密斯说。

"他应该跟我说，这样我就会留在家里，咱们可以另找时间出来。"

"是啊，"史密斯说，"我们当然可以另找时间。"

"好啦，亲爱的，别再想那事啦，"她抱住他的颈脖，"那事已经过去了。"

"是啊，小宝贝，已经过去了。"他搂着她，电梯徐徐上升。

十、邪恶天使

　　一名邪恶天使夜半时分穿过空落落的街巷。暴风雨呼啸着掠过一排排房屋，在黑暗中发出怒吼。一个人影儿也见不着，唯有他。他弓身迎风疾走，双唇紧闭，显得粗犷而强壮。身上那件血色的披风盖住了巨大的翅膀。他从大教堂出来，已经闻够了那里的霉臭。几百年来他都在忍受蜡烛的烟熏和香火的燎烤；几百年来他都在听闻赞美的歌声和祈祷者对吊死在他头顶的那位神的忏悔；几百年来他看够了人们睁眼下跪，啰里啰唆地诉说自己的信仰。这帮懦弱的民众，拥有的信仰不过是一堆谎言！现在他好歹走了出来！

　　他挣脱脚镣，一双结实的脚踩在神坛上，踢翻了那些神圣的祭器。他怒气冲冲地走到教堂的地上，把膝垫踢至一旁。四周的圣徒一副心醉神迷的模样，栅栏里面的遗骸散发出腐烂的气味；旁边的一间小礼拜堂点着一盏灯，一个孩子躺在发霉的稻草堆上，蜡做的母亲跪立一旁——所有这一切都是谎言和无稽之谈！他踢开门，走进了狂风呼啸的暗夜里。

　　唯有他真实！

　　他走进街巷，伫立环视四周。哦，这就是他们的生活——人类。

他站在一栋房屋的门口，圆睁灼人的眼睛注视它。随后用随身携带的那柄剑挑下了门上的一个十字架。

"死你的吧！"他说。

他又来到下一栋楼房，弯了弯身子，翅膀耸在肩膀上，看上去像是驼背的样子。他在这里也停了下来，挑下又一个十字架。

"死你的吧。"他说。

他就这样走过一栋栋房屋，用那柄短厚的剑挑落一个个十字架，好像杀戮一般。

"死你的吧。死你的吧。死你的吧。死你的吧。还有你！"

他顶着风走遍全城，一个都没放过。

等到大功告成，他走出城门，走进阒无一人的暗夜中，抛掉披风，一丝不挂，然后伸展双翅飞向辽阔的夜空。

第二天一早人们从梦中醒来，很惊奇地发现门口垂落着一个十字架。不过他们并不怕，只是纳闷这是怎么回事，为什么会这样，在上班之前对此事议论纷纷。为什么这个大名鼎鼎的符号到处都被挑落下来？他们由此产生了许多的联想。

他们非常清楚自己就要死了，他们说。

附　录

授奖词

瑞典文学院常务秘书　安德斯·奥斯特林

建人　译

　　1913 年，在一份充满青春活力的宣言——《语言技巧与刻画艺术》一文中，尚无赫赫名气的帕尔·拉格奎斯特，大胆指出那个时代文学的堕落，认为这种堕落绝不是艺术。他文章的观点过于武断，近乎陈词滥调。然而，这些观点按其以后的作品来看，却具有另一层更深的含义。年轻的作家宣称："作家的使命是以艺术家的观点解释他所处的时代，并为我们及后人表现这个时代的思想感情。"今天，我们可以肯定，就人们对其朝向成熟与伟大的登攀的了解而言，拉格奎斯特自己已充分实现了这一目标。

　　今天，我们吁请人们注意这位瑞典作家，不是要对他做一般的介绍——这实在显得多余——而是要向他的作品、向他本人表示理所当然的敬意。我们尤为他热情而坚定的真实、热烈而不懈的耐心所吸引，这就是他作品拥有的生命力。但这些还纯属精神品质。帕尔·拉格奎斯特，至少作为一颗富于创造力的头脑，十分符合诺贝尔在其西比尔①式的遗嘱中所说的"理想主义意义上的"条件。不

---

① 西比尔：古希腊神秘的女预言家。

可否认，他属于这样一种作家，他们勇敢而直接地献身人类至关重要的问题的研究，不知疲倦地回到人类生存的根本难题之上，面对一切极度的悲伤。他所处时代的物质条件决定了他的使命，这时代受到不断腾起的乌云与不断出现的灾难的威胁。正是在这一片阴郁混乱之中，他开始了战斗，正是在这个没有太阳的国家，他找到了自己灵感的光焰。

拉格奎斯特以其想象力早熟的天才，如此提前地领悟到正在逼近的灾难，以致成为北欧文学中苦闷的先知，但他同时又是遭逢暴风雨可能熄灭的精神神圣之光的最警惕的守护者。听众中许多人一定想到了他的短篇集《邪恶故事》（1924）。作品中，人们看到一个10岁的孩子，在一个春光明媚的日子与父亲一起走在铁道上，他们一同倾听林中小鸟的歌唱。然而，回来途中，暮色里，他们忽然被掠过空中的一种声音所惊动。"我知道这是怎么回事：那是因为那种即将来临的痛苦，那种莫名的，父亲并未意识到也无法帮助我抵御的哀愁。这就是我就要面对的世界和生活，跟父亲的不一样，他的世界和生活处处都安全而有把握。这不是一个真实的世界，也不是真实的生活。它哐当哐当地驰进无边的暗夜，冒着冲天的煤火。"①这孩提时代的回忆现在看来即主宰拉格奎斯特作品的主题象征。同时它也许向人们证明了他后来作品的真实性与逻辑的必要性。

今天，由于时间关系，不可能逐一检视所有这些作品。重要的是，帕尔·拉格奎斯特虽采用不同风格，戏剧的或抒情的，史诗

---

① 为方便读者对照阅读，此处引文采用沈东子译文，参见第143页。

的或讽刺的，但他把握现实的方式根本上相同。对他来说，倘结果不尽如人意也无关紧要，因为每部作品都是他修建大厦的一块石头，每部作品都是他使命的一部分。这使命始终朝向一个主题——凡人皆有的苦难与崇高，尘世生活对人类的奴役，寻求解放的英勇斗争精神。这就是我们要在此刻回忆的所有作品——《现实之客》（1925）、《心中的歌》（1926）、《他再次被允许活下去》（1928）、《侏儒》（1944）、《大盗巴拉巴》（1950）的主题。不必再举其他例子来说明拉格奎斯特灵感的广袤与天才的力量。

在诺贝尔基金会 50 周年纪念会上，一位外国专家批评了诺贝尔奖得主历史丛书。提出他认为不可或缺的两项条件为标准：一是已完成作品的艺术价值，二是其国际声誉。就后一条件而言，它可能会立刻遭到反对，因为那些使用并未广泛流传的语言写作的人会发现自己处境非常不利。无论如何，一位北欧作家在国际社会赢得声望的情况极为少见。因此，对这种候选人的公正评价就是一件特别伤脑筋的事。然而，诺贝尔的遗嘱明白规定，颁奖时“不应考虑国籍，以便授给最有资格者，不论他是否斯堪的纳维亚人”。此话同样意味着倘若一位作家有资格获奖，他是瑞典人的事实最终也不应当成为他获奖的障碍。至于拉格奎斯特，我们还必须考虑另一个因素，这一因素使我们非常高兴：他最近的作品所得到的同情与尊重已超出了我们的国界。这一点，由于大多数外国专家对拉格奎斯特候选资格的坚持推荐，已进一步得到证实。他无须将获奖归功于学院本身，因为，对巴拉巴[①]内心冲突的动人解释甚至已得到了外

---

① 巴拉巴：拉格奎斯特小说《大盗巴拉巴》中的主人公。

国语言的反响。这清楚表明该作品深得人心，而且由于作品风格独特，在某种意义上无法翻译，就更为引人注目。的确，以这种语言的生硬与敏感，拉格奎斯特的同胞们常常听到斯莫兰民间故事的回声在《圣经》传说的星空之下重新回响。这再次提醒我们地域特色有时也能被改变成普遍的东西，容易得到所有人的理解。

拉格奎斯特作品的每一页都充满言词与思想。它们十分深刻且非常温柔，在它们最纯正的深处传递着恐怖的启示。这些言词与思想源于一种朴素的乡间生活，勤劳而俭朴。但它们在大师手中被用于别的目的，并被赋予一个更伟大的目标，即上升到艺术水平之上，成为对时代、对世界、对人类永久状况的理解。这就是在授予帕尔·拉格奎斯特诺贝尔奖的声明中我们完全肯定这部民族文学作品已达到欧洲水平的原因。

拉格奎斯特博士——我们这些对您深为了解的人知道您多么讨厌成为众人瞩目的中心，但现在这既然已不可避免，在您接受这荣誉的时刻，我谨请您相信我们对您的衷心祝贺。对我们来说，目前您比任何其他人都更应受到奖赏。能在您面前赞美您，我不胜荣幸。但假使在不那么隆重的场合，我将忍不住非常简单地，以古老的瑞典方式对您说：愿它带给您快乐！

现在，我恭请阁下从我们国王陛下的手中接受1951年度诺贝尔文学奖。

受奖演说之前，瑞典文学院及皇家科学院院士艾因那·洛夫斯台德说了下面这番话：

科学与诗歌之间是否存在隐秘联系？也许有。一位英国作家曾说过："诗歌是充满激情的表现手法，它存在于一切科学的面目之中。"此话是否适用于每一门科学仍有疑问，但它明确道出一条深刻的真理：伟大的诗歌与伟大的科学一样，是一种执着。它们都力图鼓舞人类摆脱自身，去寻求人类永恒问题的答案。以幻想家的力量与极大的热忱，您，帕尔·拉格奎斯特，已经着手阐明我们时代人类的难题。大大早于多数人，您已经表现了机械化的威胁与现代文明的荒凉所造成的苦闷。您已经目睹人类的心灵好比一辆汽车，阴暗而空虚，暗夜中呼啸着穿过未知的城镇奔向未知的目的。然而，渐渐地，您也听到了夜色中柔情优美的笛声，看到了永恒的微笑出现在微贱百姓的生活之中，当他们充满爱与信任的时候。而《大盗巴拉巴》，您最近的杰出作品则让我们看到了人类——麻痹，无常，罪恶累累，与我们多数人一样——半无意识地追随着无名民，他为拯救人类献出了自己的生命。

我们向您表示感谢与祝贺，并愉快地在其他国家反复推荐之下，授予您诺贝尔奖的荣誉。

受奖演说

帕尔·拉格奎斯特

建人 译

衷心感谢瑞典文学院授予我诺贝尔文学奖。这荣誉如此巨大，也许能原谅人们问自己——真配得到它吗？而我，甚至连这样的问题也不敢问！不过，既然未参与做出这项决定，我就能心安理得地享受它，责任该由我可敬的同事们来负。为此，我同样深为感谢！

我们今天已听了一些了不起的演说，马上还要接着听更多，所以我得忍住不再发表演说，而要请大家容忍我从我未发表过的书中念一段。起先我不知道在这种隆重场合该说些什么，忽然怪事发生了，我发现了一份1922年的旧手稿，二十九年前的东西。读它时碰到了本可以用在我演说里的一段或多或少能表达自己的话，不过它是小说的形式，这倒更合我的口味。它有关我们的生命之谜，这个谜使人类的命运既伟大又艰难。

这是我近三十年前所写的东西，当时我正待在地中海之滨比利牛斯山的一个小地方，一个世上非常可爱的地方。现在，我要为你们念这故事的第一部分，尽量念得好一些。

人类的神话

　　从前有个世界。一个晴朗的早晨，一个男人和一个女人来到这世界，不是要在这里住很长时间，只是做一次短期访问。他们认识许多其他世界，而这一个似乎比别的世界更穷更糟。诚然，它挺美丽。有树有山，有森林有灌木。头上的天空云彩变幻无穷。暮色中，和风吹动万物，如此神秘。可是尽管如此，与他们拥有过的那些很远很远的世界相比，这一个还是太穷。于是他们决定只在这儿稍事停留，因为他们相互爱恋，而他们的爱情在这个世界比在别的地方好像更美妙。这里爱情不被当作理所当然的东西，渗透每一个人，每一件东西。而像是一位造访的客人，将带来许多许多妙不可言的礼品。他们生活中所有以前明白自然的事情都变得神秘莫测，模糊不清，他们成了陌生人，被抛向无名的力量。联系他们的爱情令人吃惊——它会枯萎，会凋谢，会死去。所以，他们暂时想留在这个新发现的世界。

　　这里不总是白昼。白天的光明过后夜幕降临，一切都被遮蔽，被湮没。男人和女人一起躺在黑暗中，倾听风儿在树上低语。他们靠得更紧些，问自己：我们究竟为什么要到这儿来？

　　后来男人为自己和女人盖了一座房子，一座石头和苔藓的房子，因为他们并非很快就要走的呀。女人给地面铺上芳香的青草，黄昏时在家等着他。他们倾心相爱，比以前更热烈，日复一日操持着杂务琐事。

一天，男人在田野里时，忽感到一阵对女人的强烈向往，他爱这女人胜过一切。他于是俯身亲吻她躺过的土地。女人则开始爱树林，爱云彩，因为男人回到她身边时要在它们下面走过。这真是一个奇异的新世界，与他们拥有过的遥远遥远的那些地方大大不同。

　　于是女人生了一个儿子。屋外的橡树朝孩子歌唱，他吃惊的目光看看周围，林中的风声送他进入梦乡。夜晚，男人归来，扛着猎物血腥的胴体。他累坏了只想休息。躺在黑暗中，男人和女人愉快地交谈，他们很快就要动身走啦。

　　这是一个多么奇怪的世界，夏天之后是秋天与寒冬，寒冬之后是美丽的春天。人可以目睹时光流逝、季节更换，一切都不能长久。女人生下第二个儿子，过了几年又是一个。孩子们一天天长大，忙着自己的事。他们奔跑嬉戏，每天都有新的发现。他们拥有这个美妙世界的一切，没有什么东西太危险不能当玩具。由于田间林中的操劳，男人的手结满老茧。女人红颜消退，步履也不再轻盈，但声音仍似往日悦耳柔和。一天晚上劳累之余，她坐了下来，把孩子们叫到跟前对他们说："我们很快就要离开这儿了，去别的世界，那儿有我们的家。"孩子们困惑不解："您在说什么呀，妈妈？除了这个世界还有别的世界吗？"母亲的目光与丈夫的相遇，痛苦刺穿了他们的心，她温和地回答："当然还有别的世界呀。"她开始给孩子们讲与这个世界如何不同的那些世界。那里一切都更宽敞更美好，没有黑夜，没有树林的歌唱，也没有任何争争斗斗。孩子们紧紧偎依着她，听她讲故事。时不时他们会抬头看看爸爸，仿佛在问："妈妈讲的这些是真的吗？"他只是点点头，坐着想心事。最小的儿子紧挨着母亲的脚，他脸色苍白，眼睛闪烁着奇异的光。最大的儿子已有 12 岁，坐得远一些，瞪着眼出神。最后他起身走入外面的黑夜。

母亲继续着她的故事，孩子们贪婪地听。她好像注视着某个遥远的国度，目光凝注却什么也没看。一次又一次她停下来，好像什么也看不见，什么也记不得了。但一会儿她又接着讲，只是声音越来越小。熏黑的炉床火光闪耀，映照着他们的脸庞，给温暖的房子带来光亮，父亲抬手遮挡眼睛。就这样一家人一动不动直坐到半夜。这时门一开，一股冷风卷了进来，大儿子出现了，拎着一只很大的黑鸟，鸟的胸脯还冒着血。这是他亲手杀死的第一只鸟。他把它扔向火边，鸟在火旁发出血腥的气息。然后他一声不响，走到屋后黑暗的角落躺下睡觉。

什么声音也没有了。母亲已讲完了她的故事。他们迷惑地互相看着，仿佛大梦初醒。再看看地上的死鸟，红的血正从它胸上渗出，玷污了四周的地面。大家悄悄起身都去睡觉。

那夜之后，一段时间里谁也不大讲话，各人忙各人的事。时值夏天，大黄蜂在茂密的草地上嗡嗡飞舞，灌木林被春雨洗刷一新，闪着明亮的绿光。空气新鲜透明。一天下午，最小的孩子走到坐在屋外的母亲面前。他苍白平静，求母亲给他讲讲另一个世界的事情。母亲惊讶地说："宝贝儿，现在我不能讲。瞧，太阳还亮着呐！干吗不跟哥哥们一起出去玩玩？"孩子一言不发地走开，他哭了，可没人知道。

他再也没求过母亲，只是变得越加苍白，眼睛燃烧着奇异的光芒。一天早晨，他起不来了，就躺在那儿。一天又一天静静地躺着，几乎不说话。奇怪的目光茫然注视空中。他们问他哪里疼，宽慰他说很快就能再到外面的阳光下去看新长出来的美丽鲜花。他不作声，只管躺着，好像根本没看见他们。母亲见状哭了起来，问是不是她该把知道的所有美好的事情都讲给他听，可他只朝她笑笑。

一天夜里，他闭上眼睛死了。他们都聚拢在他身旁。母亲把他的小手叠放在胸前。夜幕降临，大家挤坐一起，在漆黑的屋里小声地说着他。他已经离开了这个世界，他们说，去了另一个世界，更美好更快乐的世界。但是他们说这话时心情沉重，叹息不止，最后大家都害怕地走开，心情烦乱，留下他一个人躺在那儿，冰凉，孤寂。

早晨，他们把他埋进大地。草地芬芳，阳光明媚，温暖宜人。母亲说："他已不在这个世界了。"墓旁的一株玫瑰花朵盛开。

就这样，时光来了又去。下午，母亲常坐墓旁，凝视大山，大山遮住了一切。父亲无论何时路过，总要在墓旁驻足。但孩子们不肯走近，因为它不同于别的地方。

两个孩子长成高大强壮的少年，但男人和女人开始衰老，鬓发斑白，肩膀下垂，但也添了一种宁静与威严。父亲仍试着跟儿子一道狩猎，但遇到疯狂危险的野兽时，是儿子们对付。母亲上了年纪，坐在门外，听到他们回家的声音就伸手四处摸索。她现在眼睛太累，只有阳光高照的中午才看得见。别的时候，四周只是一片黑暗。她老问这是为什么。一个秋日，她进屋躺下，听着风声，如同听着很久很久以前的记忆。男人坐在她身旁和她说话，好像他们再次单独待在这个世界上。她已虚弱不堪，但内心的光明照亮了她的脸。一天夜里，她用苍老的声音对孩子们说："现在我要离开这个世界了，我的生命已在这里消耗一空，我要回家去。"就这样她走了。他们把她葬入大地，让她安息。

冬天又到，天气很冷。老人不再出门，守着炉火。儿子们把猎物带回家再切好。老人转动着烤肉铁钎，只见烤着肉的地方火烧得更红更亮。春天到来的时候，他走出去看看树木田野，到处郁郁葱葱。在每一棵树旁边他停下，认识地点点头，这儿的一切都那么熟悉。在鲜花旁边他停下，那是第一个早晨他们一同来到这里时他为她采过的鲜花。在打猎武器旁边他停下，武器沾满鲜血，一个儿子刚刚用过。然后他回家躺下，对站在他临终卧榻边的儿子们说："现在我必须动身离开这个世界了，我已在这里度过了我的一生。我们的家不在这里。"他握住儿子们的手直到咽气，他们将他埋在他吩咐过的地方，因为他想待在那里。

现在两位老人都走了，儿子们感到既宽慰又轻松，一种解放了的感觉，仿佛割断了那根把他们拴在一件东西上的绳子，而那件东西与他们不相干。第二天一大早，他们起身走到旷野之中，尽情欣赏幼树与夜雨的气息。肩并肩他们朝前走去，两个高高大大的年轻人。大地为养育了他们而骄傲。生活刚刚开始，他们准备好占领这个世界。

作家生平

建人　译

1891 年 5 月 23 日　出生于瑞典斯莫兰省维克舍一个铁路员工
　　　　　　　　　　家庭。

1910 年　毕业于维克舍中学。

1911 年　入乌普萨拉大学念书，一学期后辍学。

1912 年　发表首部小说。赴巴黎，倡导表现主义与立体派。

1918 年　与丹麦姑娘卡伦·索伦森结婚。

1925 年　与索伦森离婚，与伊莱恩·哈尔伯格结婚。

1930 年　定居斯德哥尔摩郊区利丁戈。

1933—1934 年　赴巴勒斯坦、希腊旅行，收集对宗教信仰及
　　　　　　　　尚武人道主义的印象。

1940 年　当选为瑞典文学院院士。

1941 年　获哥德堡大学名誉博士学位。

1951 年　获诺贝尔文学奖。

1974 年 7 月 11 日　于利丁戈去世。

著作年表

建人 译

1906 年 《母爱》

1911 年 《夜》

1912 年 《人们》

1913 年 《生活的两个故事》（小说）

《语言技巧与刻画艺术》（论文）

《立体派画家：美学思考》（论文）

1914 年 《主题》（散文诗集）

1915 年 《铁与人》（小说集）

1916 年 《苦闷》（诗集）

1917 年 《最后的人》（剧本）

1918 年 《艰难时刻》（剧本）

1919 年 《混乱》（小说集）

《天堂的秘密》（独幕剧）

1920 年 《永恒的微笑》（小说）

《晨》

1923 年 《罪人》（剧本）

1924 年 《邪恶故事》(短篇小说集)

1925 年 《现实之客》(自传体小说)

1926 年 《心中的歌》(诗集)

1927 年 《征服生活》(论文集)

1928 年 《他再次被允许活下去》(剧本)

1930 年 《战斗精神》(小说)

1932 年 《营火旁》(诗集)

1933 年 《刽子手》(剧本)

1934 年 《攥紧的拳头》(随笔选)

1935 年 《那个时代》(散文集)

1936 年 《无灵魂者》(剧本)

1937 年 《天才》(诗集)

1939 年 《黑暗中的胜利》(剧本)

1941 年 《寒舍仲夏夜之梦》(剧本)

1944 年 《侏儒》(长篇小说)

1947 年 《哲人石》(剧本)

1949 年 《让人类活下去》(剧本)

1950 年 《大盗巴拉巴》(长篇小说)

1953 年 《黄昏的土地》(诗集)

1956 年 《女巫》(长篇小说)

1960—1964 年 《皮尔格门》(剧本)

1960—1966 年 《托比亚斯三部曲》(长篇小说)

1967 年 《玛丽安娜》(长篇小说)

1977 年 《作家笔记》(散文集)

诺贝尔文学奖作家文集 ⊙ 加缪卷·泰戈尔卷

漓江的书，买了再说！

鼠疫
[法] 阿尔贝·加缪 / 著
李玉民 / 译
定价：48.00元

局外人
[法] 阿尔贝·加缪 / 著
李玉民 / 译
定价：45.00元

第一人
[法] 阿尔贝·加缪 / 著
李玉民 / 译
定价：48.00元

卡利古拉
[法] 阿尔贝·加缪 / 著
李玉民 / 译
定价：50.00元

西绪福斯神话——论荒诞
[法] 阿尔贝·加缪 / 著
李玉民 / 译
定价：35.00元

戈拉
[印] 泰戈尔 / 著
唐仁虎 / 译
定价：65.00元

纠缠
[印] 泰戈尔 / 著
倪培耕 / 译
定价：48.00元

沉船
[印] 泰戈尔 / 著
杉仁 / 译
定价：53.00元

泡影
——泰戈尔短篇小说选
[印] 泰戈尔 / 著
倪培耕 / 译
定价：58.00元

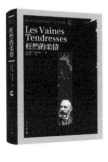

枉然的柔情
[法] 苏利·普吕多姆 / 著
胡小跃 / 译
定价：50.00元

邪恶之路
[意] 格拉齐娅·黛莱达 / 著
黄文捷 / 译
定价：50.00元

常青藤
[意] 格拉齐娅·黛莱达 / 著
沈萼梅 / 译
定价：56.00元

风中芦苇
[意] 格拉齐娅·黛莱达 / 著
蔡蓉 / 译
定价：52.00元

柔情
[智] 加布列拉·米斯特拉尔 / 著
赵振江 / 译
定价：50.00元

爱情书简
[智] 加布列拉·米斯特拉尔 / 著
段若川 / 译
定价：30.00元

漓江的书，买了再说！

诺贝尔文学奖作家文集 ⊙ 普吕多姆卷 · 黛莱达卷 · 米斯特拉尔卷

诺贝尔文学奖作家文集 ⊙ 纪德卷·丘吉尔卷

漓江的书，买了再说！

背德者·窄门
［法］纪德 / 著
李玉民 / 译
定价：46.00元

伊恩·汉密尔顿行军记
［英］温斯顿·丘吉尔 / 著
刘勇军 / 译
定价：48.00元

河战
［英］温斯顿·丘吉尔 / 著
王冬冬 / 译
定价：60.00元

从伦敦，经比勒陀利亚，到莱迪史密斯
［英］温斯顿·丘吉尔 / 著
张明林 / 译
定价：50.00元

我的非洲之旅
［英］温斯顿·丘吉尔 / 著
张明林 / 译
定价：42.00元

特雷庇姑娘
[德] 保尔·海泽 / 著
杨武能 / 译
定价：55.00元

紫罗兰
[捷克] 雅罗斯拉夫·塞弗尔特 / 著
星灿 劳白 / 译
定价：59.80元

磨坊
[丹麦] 吉勒鲁普 / 著
吴裕康 / 译
定价：69.80元

明娜
[丹麦] 吉勒鲁普 / 著
吴裕康 / 译
定价：50.00元

漓江的书，买了再说！

诺贝尔文学奖作家文集 ⊙ 保尔·海泽卷·塞弗尔特卷·吉勒鲁普卷

漓江的书，买了再说！

第二次来临
——叶芝诗选编
［爱尔兰］W.B.叶芝 / 著
裘小龙 / 译
定价：68.00元

第三个女人
［波兰］亨利克·显克维奇 / 著
林洪亮 / 译
定价：88.00元

你往何处去
［波兰］亨利克·显克维奇 / 著
林洪亮 / 译
定价：88.00元

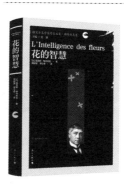

花的智慧
［比］莫里斯·梅特林克 / 著
周国强 谭立德 / 译
定价：46.00元

大教堂凶杀案

[英] T.S.艾略特 / 著
李文俊　袁伟 / 译
定价：52.00元

儿子们

[美] 赛珍珠 / 著
韩邦凯 姚中 顾丽萍 / 译
定价：68.00元

分家

[美] 赛珍珠 / 著
沈培锚 唐风楼 王和月 / 译
定价：68.00元

诺贝尔文学奖作家文集 ⊙ 艾略特卷·赛珍珠卷

漓江的书，买了再说！

诺贝尔文学奖作家文集 ⊙ 海明威卷 ⊙ 吉卜林卷

漓江的书，买了再说！

老人与海

〔美〕欧内斯特·海明威 / 著

李文俊 董衡巽 / 译

定价：47.00元

老虎！老虎！

〔英〕吉卜林 / 著

文美惠 / 译

定价：69.80元

图书在版编目（CIP）数据

大盗巴拉巴 /（瑞典）帕尔·拉格奎斯特著；沈东子译 . -- 桂林：漓江出版社，2025. 1. --（诺贝尔文学奖作家文集）. -- ISBN 978-7-5801-0059-7

Ⅰ. I532.45

中国国家版本馆 CIP 数据核字第 2024HZ2468 号

DADAO BALABA

大盗巴拉巴

[瑞典] 帕尔·拉格奎斯特　著

沈东子　译

主　　编：张　谦

出 版 人：梁　志
策划编辑：辛丽芳
责任编辑：辛丽芳
书籍设计：石绍康
责任监印：张　璐

出版发行：漓江出版社有限公司
社址：广西桂林市南环路 22 号　邮编：541002
发行电话：010-85891290　0773-2582200
邮购热线：0773-2582200
网址：www.lijiangbooks.com
微信公众号：lijiangpress
印制：北京博海升彩色印刷有限公司
[北京市通州区中关村科技园区通州园金桥科技产业基地环宇路 6 号　邮编：100076]
开本：880mm×1230mm　1/32
印张：7.875　字数：155 千字
版次：2025 年 1 月第 1 版　印次：2025 年 1 月第 1 次印刷
书号：ISBN 978-7-5801-0059-7
定价：52.00 元